# LES CHRONIQUES D'ANGEL
# VOLUME III

# BUFFY CONTRE LES VAMPIRES
## AU FLEUVE NOIR

1. *La Moisson*
   Richie Tankersley Cusick
2. *La Pluie d'Halloween*
   Christopher Golden et Nancy Holder
3. *La Lune des coyotes*
   John Vornholt
4. *Répétition mortelle*
   Arthur Byron Cover
5. *La Piste des guerriers*
   Christopher Golden et Nancy Holder
6. *Les Chroniques d'Angel I*
   Nancy Holder
7. *Les Chroniques d'Angel II*
   Richie Tankersley
8. *La Chasse sauvage*
   Christopher Golden et Nancy Holder
9. *Les Métamorphoses d'Alex I*
   par Keith R.A. DeCandido
10. *Retour au chaos*
    Craig Shaw Gardner
11. *Danse de mort*
    par Laura Anne Gilman et Josepha Sherman
12. *Les Chroniques d'Angel III*
    Nancy Holder
13. *Loin de Sunnydale*
    Christopher Golden et Nancy Holder
14. *Le Royaume du mal*
    Christopher Golden et Nancy Holder
15. *Les Fils de l'Entropie*
    Christopher Golden et Nancy Holder
16. *Sélection par le vide*
    Mel Odom
17. *Le Miroir des ténèbres*
    Diana G. Gallagher
18. *Pouvoir de persuasion*
    Elizabeth Massie
19. *Les Fautes du père*
    Christopher Golden
20. *Les Sirènes démoniaques* (mai 2001)
    Laura Anne Gilman et Josepha Sherman
21. *La résurrection de Ravana* (juin 2001)
    Ray Garton

# LES CHRONIQUES D'ANGEL

## VOLUME III

par

## NANCY HOLDER

*D'après les scénarios* Innocence 1, *de Marti Noxon,* Innocence 2, *de Joss Whedon et* La Boule de Thésulah *de Ty King.*
*Basé sur la série télévisée créée par Joss Whedon.*

FLEUVE NOIR

Titre original :
*Angel Chronicles - Volume 3*
Traduit de l'américain par
Isabelle Troin

BUFFY THE VAMPIRE SLAYER is a trademark of Twentieth Century Fox Film Corporation, registred in the U.S. patent and Trademark Office.

Collection dirigée par
Patrice Duvic

*Achevé d'imprimer en août 2000
sur les presses de l'imprimerie Bussière
à Saint-Amand (Cher)*

FLEUVE NOIR – 12, avenue d'Italie
75627 PARIS – CEDEX 13
Tél. 01 44 16 05 00

Dépôt légal : septembre 2000
*Imprimé en France*

Le Code de la propriété intellectuelle n'autorisant, aux termes de l'article L. 122-5, 2 et 3 a), d'une part, que « les copies ou reproductions strictement réservées à l'usage privé du copiste et non destinées à une utilisation collective » et, d'autre part, que les analyses et les courtes citations dans un but d'exemple ou d'illustration, « toute représentation ou reproduction intégrale ou partielle, faite sans le consentement de l'auteur ou de ses ayants droit ou ayants cause, est illicite » (art. L.122-4).
Cette représentation ou reproduction, par quelque procédé que ce soit, constituerait donc une contrefaçon sanctionnée par les articles L.335-2 et suivants du Code de la propriété intellectuelle.

© ™ et © 1999 by the Twentieth Century Fox Film Corporation. All rights reserved.
© 2000 Fleuve Noir, département d'Havas Poche, pour la traduction en langue française.

ISBN : 2-265-07062-9

# LES CHRONIQUES

# PROLOGUE

C'était l'heure la plus noire de la nuit.

Les mains enfoncées dans les poches de son cache-poussière noir, Angel arpentait les rues de Sunnydale baignées par le clair de lune. Son ombre s'allongeait derrière lui, et seul le bruit de ses pas troublait le silence.

Comme Angel, Sunnydale était maudite. Les façades pastel de ses maisons californiennes et la bonhomie superficielle de ses habitants avaient du mal à masquer les événements terribles qui s'y produisaient. Un nombre incroyable de gens mouraient dans des conditions particulièrement brutales. Des enfants étaient possédés ; des bébés se transformaient en vampires. Les morts ne se contentaient pas de se relever de leur tombe : ils faisaient des ravages dans la petite ville.

Les Espagnols qui l'avaient fondée la surnommaient *Boca del Infierno*, la Bouche de l'Enfer. Sunnydale respirait le mal, l'exsudait, le vomissait. Sa soif de ténèbres était impossible à étancher.

Mais le mal lui-même mourait ici. Son exécutrice se nommait Buffy Summers. La Tueuse, la fille choisie dans sa génération pour combattre les démons, les vampires et les monstres qui aspiraient à corrompre le monde.

Buffy était la championne des forces du bien, la lumière du phare qui déchirait les ténèbres, l'héroïne tragique d'un récit grandiose. Elle lutterait jusqu'à la mort... La sienne, hélas. Les Tueuses ne faisaient jamais de vieux os. Elles menaient une existence farouche, intense et surtout très brève.

Angel s'immobilisa devant la maison de Revello Drive. Le clair de lune faisant ressortir ses orbites et ses pommettes sur son visage mangé par les ombres, il leva les yeux vers la fenêtre de la chambre de Buffy.

Son esprit, son corps et son âme étaient emplis d'elle. Seul dans les ténèbres, les nerfs à vif, il pouvait bien s'avouer qu'une force irrésistible l'avait poussé à quitter son appartement pour venir jusque-là.

L'ironie, évidemment, c'était la situation d'Angel : un vampire amoureux d'une Tueuse. Et pas n'importe quel vampire : en son temps, on le surnommait Angélus. Celui qui a un visage d'ange ! Aucune créature des ténèbres n'égalait sa cruauté.

Bien qu'il arborât toujours le visage du jeune Irlandais qu'il avait été de son vivant, Angel était âgé de plus de deux cents ans.

Le seul vampire sur Terre qui eût une âme, et qui fût tourmenté par les crimes abominables commis après sa transformation.

A Galway, en 1753, son maître d'école était un brigand et un scélérat. Le père d'Angel passait son temps aux tables de faro, en compagnie de femmes de mauvaise vie et d'amis douteux. Seule Darla, l'exquise créature qui l'avait métamorphosé, avait senti la passion qui sommeillait en lui. Le besoin de vivre autre chose. Le désir brûlant de voir, de faire et d'être plus qu'un gentilhomme irlandais dans une petite ville de province.

Comment avait-elle su ? Aucun miroir ne pouvait plus dire à Angel ce que Darla avait vu en lui. Peut-être était-ce la faim dans ses yeux, le sourire moqueur quand il s'était approché d'elle, la fêlure de sa voix quand il lui avait dit combien il aimerait découvrir le monde.

Darla n'ignorait rien du désir et de la passion.

Aujourd'hui, Buffy Summers était la passion d'Angel. *Ce n'est qu'une adolescente,* tenta-t-il de se raisonner. Elle aurait dix-sept ans le surlendemain.

Mais c'était aussi la Tueuse. Chaque nuit, elle affrontait des dangers mortels ; chaque matin à son réveil, elle savait qu'elle vivait peut-être sa dernière journée. Tout comme Angel. Et cela changeait tout.

*Où est-ce une excuse que j'invente parce que je n'arrive pas à rester éloigné d'elle ?*

# PREMIÈRE CHRONIQUE

## INNOCENCE (1)

# PROLOGUE

Buffy Summers ouvrit les yeux, constata que tout était calme et alluma la petite lampe coiffée d'un abat-jour inversé posée sur sa table de nuit. Saisissant un verre d'eau, elle but quelques gorgées avant de se lever.

Puis, vêtue de son bas de pyjama en satin bleu et d'un débardeur noir, elle sortit dans le couloir et se dirigea vers les toilettes.

*Ah, la voilà*, songea Drusilla en emboîtant le pas à la Tueuse.

Cette vampire aussi belle que mentalement dérangée avait été engendrée par Angélus, et elle haïssait la Tueuse au-delà de toute raison.

La jeune fille était une menace à tant de niveaux ! Pas seulement pour sa non-vie, mais aussi pour son cœur qui avait cessé de battre. Angélus, qui se faisait maintenant appeler Angel, était amoureux de Buffy alors qu'il aurait dû ramper comme un toutou aux pieds de Drusilla. A cause de cette misérable intrigante, il avait embrassé la cause des humains pour se retourner contre ses semblables. Il assassinait des vampires, les traquant en silence et les embrochant sans crier gare. Il éliminait aussi des démons.

Pire encore, aidé par Buffy et par une autre Tueuse nommée Kendra, il avait sérieusement blessé le compagnon de Drusilla, Spike, alors que celui-ci essayait de rendre la santé à sa compagne. Il était vrai que le rituel exigeait la mort d'Angel, mais quand on aime vraiment, on ne recule devant aucun sacrifice, non ? Spike aurait fait n'importe quoi pour elle ; Angel, lui, voulait juste la tuer.

Drusilla ne connaîtrait pas de repos tant que ceux qui leur avaient fait du mal, à Spike et à elle, seraient encore de ce monde. Elle avait déjà tranché la gorge de Kendra. Dieu que c'était bon… Dès qu'elle trouverait un moment propice, elle éliminerait Angel. Quant à Buffy…

Du sang caillé souillait un coin de la bouche de Drusilla, formant un contraste très esthétique avec sa robe noire et sa peau pâle. En silence, elle emboîta le pas à Buffy dans les couloirs de sa propre maison.

*Je la tuerai ce soir.*

A moitié étourdie par le sommeil, Buffy ouvrit la porte des toilettes et entra au *Bronze*, l'endroit le plus en vue de Sunnydale… Le seul, en réalité, où les jeunes pouvaient se rassembler le soir.

Bien qu'il n'y ait pas de groupe en train de jouer sur la scène, de la musique retentissait tandis que des couples souriants évoluaient sur la piste de danse. Une expression rêveuse sur le visage, ils tournaient lentement, glissant d'une flaque d'ombre à une mare de lumière.

Buffy se fraya un chemin parmi ces images lointaines et étranges avec l'impression de se mouvoir sous l'eau.

D'être là mais sans y être…

Sa meilleure amie, Willow Rosenberg, était assise à une des petites tables rondes et hautes du *Bronze*. Une tasse de café fumait devant elle ; un petit singe coiffé d'un chapeau rouge et vêtu d'une veste à brandebourgs dorés, comme ceux des joueurs d'orgue de Barbarie, lui faisait face.

— L'hippopotame lui a volé son pantalon, dit Willow comme si c'était la chose la plus normale du monde.

Puis elle fit un signe de la main à Buffy, qui hésita avant de le lui retourner.

Désorientée, Buffy continua à marcher et se retrouva bientôt face à sa mère. Appuyée contre un pilier, Joyce Summers sirotait son café dans une tasse identique à celle de Willow. Tout en la portant à ses lèvres, elle jeta un regard curieux à sa fille et lui demanda :

— Crois-tu vraiment être prête, Buffy ?

L'adolescente fronça les sourcils.

— Comment ?

Alors qu'elle attendait une réponse, la soucoupe glissa des mains de Joyce, tomba à terre et se brisa. Comme si elle ne l'avait pas remarqué, la mère de Buffy se détourna et s'éloigna.

Buffy se remit en marche et arriva sur la piste de danse où la musique sensuelle enveloppait les couples enlacés. Elle se sentait tellement seule, tellement coupée des autres…

Puis la foule s'écarta, et il lui apparut telle une chandelle dans les ténèbres.

*Angel*, songea-t-elle, radieuse, alors que le vampire lui rendait son sourire. Tout de noir vêtu, il se tenait au centre de la salle. La lumière qui éclairait son visage réchauffa le cœur de Buffy tandis que leurs regards se rencontraient.

Angel était à plusieurs mètres d'elle, mais elle sentait déjà la caresse de ses mains sur sa peau, le frôlement de ses lèvres sur sa joue. Le regard brûlant du vampire indiquait clairement qu'il éprouvait la même chose. Personne ne pouvait supporter d'aimer quelqu'un à ce point, de le désirer autant et de ne pas le toucher.

Comme en transe, Buffy et Angel se dirigèrent l'un vers l'autre, les bras tendus. *Oh, mon amour*, songea la jeune fille. *Ma vie...*

Puis tel un prédateur sur le point d'attaquer, Drusilla jaillit derrière Angel. Sous les yeux horrifiés de Buffy, elle brandit un énorme couteau qu'elle plongea dans le dos de son créateur.

— Angel ! cria Buffy.

Il eut juste le temps de tendre une main tremblante vers elle avant de tomber en poussière.

Juste le temps de la regarder, d'esquisser une grimace de douleur et de gémir.

*Buffy, aide-moi... Aime-moi à jamais...*

Puis il ne resta de lui qu'un petit tas de cendres.

A sa place se tenait Drusilla sous sa forme vampirique, ses yeux dorés brillant d'une joie sauvage.

— Bon anniversaire, Buffy, dit-elle en savourant le désespoir de la jeune fille.

Buffy se réveilla en sursaut, haletante et malade de terreur.

Elle était dans son lit.

Ça n'avait été qu'un cauchemar.

*Rien qu'un cauchemar...*

# CHAPITRE PREMIER

Depuis qu'il s'était installé à Sunnydale, Angel vivait dans un appartement en sous-sol. Il y maintenait un éclairage diffus grâce à des lampes de style japonais à l'abat-jour en papier. De ses deux siècles et demi d'existence, il n'avait conservé que les rares objets qui décoraient son antre. L'endroit respirait la solitude, mais c'était quand même son sanctuaire.

De son vivant, Angel n'était pas un intellectuel. Il avait comblé ses lacunes depuis sa transformation. Il avait même tendance à trop réfléchir ces temps-ci. Et trop de réflexion conduisait à la morosité.

Des coups légers résonnèrent à la porte. L'aube venait de se lever et Angel dormait profondément. Comme les autres vampires, il vivait la nuit et se reposait le jour… quand il se reposait. Groggy, il s'extirpa de son lit, vêtu en tout et pour tout d'un pantalon de jogging retenu par un cordon.

— Angel ? appela Buffy à travers le battant.

Le son de sa voix le ravit autant qu'il l'étonna. Il n'avait pas l'habitude de la voir dans la journée.

— J'arrive, dit-il en ouvrant la porte.

Buffy était si belle dans la robe courte noir et blanc qu'elle avait choisie pour aller au lycée ! Alors qu'il s'effaçait pour la laisser entrer, Angel prit conscience de sa semi-nudité.

— Je... Tout va bien ? demanda-t-il, son instinct protecteur prenant temporairement le dessus sur le désir que lui inspiraient le parfum de vanille et les courbes de la jeune fille.

Elle leva les yeux vers lui et le dévisagea d'un air inquiet.

— C'est exactement la question que j'allais te poser. Tu vas bien ?

Angel fut surpris de la sentir aussi tendue.

— Evidemment, oui. Que se passe-t-il ?

Buffy entra et posa son sac en détournant le regard. Elle se passa la paume d'une main sur la bouche puis ramena une mèche de cheveux blonds derrière son oreille : les gestes qu'elle faisait toujours quand elle était nerveuse ou mal à l'aise.

— J'ai rêvé que Drusilla était encore vivante.

*Drusilla*, pensa Angel. La dernière fois qu'il l'avait vue, elle avait failli le tuer. Et il éprouvait tant de remords à l'idée de ce qu'il lui avait fait subir, qu'il avait presque accueilli avec soulagement les tortures qu'elle lui infligeait en l'aspergeant d'eau bénite pour que sa peau brûle et se couvre de cloques.

Quand il l'avait rencontrée en Angleterre, sous l'ère victorienne, c'était une innocente jeune fille tourmentée par ses visions. Angel s'était servi de sa peur pour la rendre folle. Mais avant, il avait massacré tous ceux qu'elle aimait. Sa famille et ses amis.

Drusilla avait voulu lui échapper en entrant au couvent, et il l'avait transformée en vampire la nuit où elle devait prononcer ses vœux. Il était son sire, comme Darla avait été le sien. Il avait fait d'elle le monstre qu'elle était devenue.

Puis Buffy, Kendra et lui l'avaient détruite. De cela, il était certain.

Mais sa petite amie semblait tellement perturbée !

— Que s'est-il passé ? demanda doucement Angel.

Poussé par ses bonnes manières plus que par la pudeur, il saisit une chemise pour l'enfiler tout en attendant sa réponse.

— Elle t'a tué sous mes yeux, dit précipitamment Buffy sans le quitter du regard, comme si elle craignait qu'il ne disparaisse en fumée.

— Ce n'était qu'un cauchemar, tenta de la rassurer Angel. (Il mourait d'envie de la prendre dans ses bras.) Ce n'était pas réel.

— Ça en avait l'air, insista Buffy d'une voix rauque.

Ses yeux semblaient immenses dans son visage délicat. Angel tenta d'apaiser son désir d'elle en lui caressant la joue.

— Mais ça ne l'était pas : je suis toujours là.

Buffy se frotta contre la paume de sa main, puis prit une grande inspiration. Frissonnant, Angel essaya de se concentrer sur ce qu'elle lui disait.

— Ça s'est déjà produit avant. Les rêves que j'avais faits au sujet du Maître... Ils se sont tous réalisés.

Le Maître, qui avait autrefois été celui d'Angel, était le chef d'une confrérie vampirique. Un séisme l'avait emprisonné dans les ruines d'une église, sous Sunnydale. Buffy l'avait rencontré en rêve avant qu'il ne fasse connaître sa présence.

Plus tard, le Maître avait réussi à la tuer, mais Alex Harris (un ami de Buffy qui était amoureux d'elle et détestait Angel) l'avait ramenée à la vie en lui faisant du bouche-à-bouche. Angel ne pouvait pas s'en charger, car il ne respirait plus depuis longtemps. Sans Alex, Buffy serait morte... comme elle l'avait rêvé.

— Quand même, insista Angel en s'efforçant d'apaiser la jeune fille, tous tes rêves ne se réalisent pas. De quoi d'autre as-tu rêvé la nuit dernière ? Tu t'en souviens ?

Buffy réfléchit quelques instants et prit un air penaud.

— J'ai rêvé que Giles et moi ouvrions une papeterie à Las Vegas.

Angel sourit.

— Tu vois ce que je veux dire.

— Oui… (Buffy baissa les yeux, puis les releva.) Mais si Drusilla était toujours vivante ? Après tout, nous n'avons jamais retrouvé son corps…

Angel l'enlaça tendrement. *Si Drusilla est toujours vivante, elle n'aura de cesse de tuer Buffy, et je ne peux pas laisser faire une chose pareille.*

— Elle ne l'est pas, dit-il refusant de trahir sa propre inquiétude. Et même si elle l'était, nous trouverions un moyen d'y… remédier.

Buffy n'eut pas l'air rassuré.

— Mais si elle…

Cette fois, Angel la fit taire d'un baiser. La jeune fille se raidit un instant, puis se détendit dans ses bras. Ses lèvres étaient brûlantes contre la bouche glacée du vampire, son corps vibrant d'énergie. Angel sentit l'électricité qui crépitait dans la pénombre de son appartement.

*Le lit*, songea-t-il. *Je vais l'étendre dessus, et…*
*Non.*

Avec beaucoup de difficulté, il s'arracha à leur étreinte. Il lui semblait que des flammes le dévoraient de l'intérieur.

— Mais si quoi ?

— Je suis désolée, murmura Buffy. De quoi parlions-nous ?

*Oh, mon amour… Mon doux amour…*

Qui prit l'initiative du baiser suivant ? Ils n'auraient su le dire. Ils se déplaçaient comme un seul être, et quand leurs lèvres se rencontrèrent, ils gémirent tous les deux…

Leurs bras s'enlacèrent, se caressèrent, s'étreignirent ; leurs doigts coururent le long de leurs épaules et dans leurs cheveux. Le baiser se fit plus profond ; était-ce toujours le même ?

*Y a-t-il un monde ailleurs que dans ses bras ?*

Buffy se blottit contre Angel qui penchait la tête vers elle, consumé par sa passion. Incapable de formuler une pensée cohérente, il n'était plus que désir.

Puis la jeune fille s'écarta, l'air un peu effrayé, et balbutia :

— Navrée, je… Je dois aller au lycée.

Elle se détourna et s'en fut presque en courant.

— Je sais, acquiesça Angel.

Pourtant, il ne put s'empêcher de la suivre, de la saisir par le bras et de la forcer à se retourner pour l'embrasser de nouveau. Il la voulait si intensément ! Il avait besoin d'elle…

— Oh, mon Dieu, souffla Buffy. Tu es…

A cet instant, il sut qu'il avait un choix à faire.

Et il le fit pour elle plus que pour lui.

— Tu dois aller au lycée, déclara-t-il à regret.

Buffy battit en retraite vers la porte.

— C'est vrai. Je m'en vais.

Mais son regard disait qu'elle brûlait d'envie de rester, et Angel ne put s'empêcher de la rejoindre pour l'enlacer encore une fois. Amant, prédateur… Il était les deux. Les vampires ne demandaient pas : ils prenaient ce dont ils avaient envie.

Angel entoura Buffy de ses bras et la plaqua contre la porte pour l'empêcher de fuir. Le dos collé au battant, elle leva la main droite et la posa sur son épaule en lâchant un gémissement. Il continua à l'embrasser, s'autorisant à trahir son désir, son besoin d'elle grandissant chaque fois que ses lèvres se posaient dans le cou de la jeune fille.

Il faillit même la mordre.

Buffy poussa un petit cri et ne put s'empêcher de sourire. Après tout, Angel était un vampire. Leur amour et leur désir se coloraient toujours d'une excitation due au danger.

*Trop de danger*, songea Angel. *C'est peut-être la Tueuse, mais elle est encore très jeune et innocente. Je dois me montrer fort pour nous deux.*

Jamais elle ne saurait quel contrôle il dut exercer sur lui-même pour briser la tension en lâchant :

— Au fait, tu ne m'as toujours pas dit ce que tu voulais pour ton anniversaire...

Elle lui fit un sourire à la fois coquet et touchant de timidité.

— Surprends-moi...

— D'accord.

Ce baiser était le dernier pour le moment. Ils le savaient tous les deux, et Angel s'autorisa à le savourer sans s'inquiéter d'aller trop loin.

— C'est bon, soupira Buffy en se détendant. J'adore te voir le matin au saut du lit.

— C'est l'heure du coucher pour moi, lui rappela Angel.

— Dans ce cas, j'aime te voir quand tu vas au lit, corrigea la jeune fille.

Elle cligna des yeux, réalisant ce qu'elle venait de dire. Le rouge lui monta aux joues.

— Enfin, je... Ce n'est pas ce que je voulais...

— Je comprends, la rassura Angel. Mais explique-moi quand même...

— Je voulais juste dire que j'aimais bien te voir, et que... le moment de la nuit où on doit se séparer devient un peu plus dur chaque fois.

Toute timidité avait disparu de son expression, à présent, mais la douceur demeurait.

Angel plongea son regard dans celui de Buffy.

— C'est vrai, admit-il. Pour moi aussi.

Ils se fixèrent en silence. Aucun d'eux n'osa parler.

Willow ne put cacher sa surprise. Les yeux écarquillés, elle dévisagea sa meilleure amie, ses sourcils disparaissant presque sous son chapeau de feutre violet tandis que les deux jeunes filles se dirigeaient vers l'entrée du lycée.

— « J'aime te voir quand tu vas au lit » ? répéta-t-elle, au bord de l'apoplexie. Tu lui as vraiment dit ça ?

Buffy haussa les épaules, à la fois embarrassée et très fière. Ses joues s'empourprèrent de plaisir.

— Je sais, je sais...

Mais Willow n'en avait pas terminé.

— Ça alors ! C'est tellement... déluré !

— Ce n'était pas prémédité, la rassura Buffy avec un geste insouciant. C'est sorti tout seul !

— Et qu'est-ce qu'il t'a répondu ? Lui aussi, il a envie de te voir quand tu vas au lit ?

— Je pense, oui. Il n'a pas élevé d'objection, en tout cas.

— Heureusement que c'est un gentleman. Il n'est pas du genre à, tu sais...

— Me forcer la main, acheva Buffy à sa place.

Son amie hocha la tête.

— Exactement. Ce n'est pas son style.

*Willow est si loyale !* songea Buffy.

Elle était contente d'avoir quelqu'un avec qui parler de tout ça.

— Willow, qu'est-ce que je vais faire ?

— Qu'est-ce que tu as envie de faire ? lui retourna son amie.

— Je ne sais pas, avoua-t-elle.

Il serait facile de faire croire qu'elle était vertueuse au point de n'avoir même pas envisagé de... Mais Willow ne la jugerait pas, elle en était certaine.

Elles s'assirent d'un même mouvement et se firent face.

— Tu comprends, dit Buffy, on ne peut pas toujours faire ce qu'on veut. Parfois, c'est une très mauvaise idée de céder à ses impulsions.

Willow réfléchit.

— C'est vrai, concéda-t-elle.

— D'un autre côté, on ne peut pas toujours les nier...

Buffy se rembrunit à l'idée de n'être jamais vraiment *avec* Angel. Elle n'était pas une adolescente ordinaire ; ça voulait dire que les règles ne s'appliquaient pas forcément à elle.

— Et si je ne ressentais plus jamais une chose pareille ?

*Et si je mourais sans avoir connu l'amour ?*

Willow sourit.

— *Carpe diem.* C'est toi qui me l'as conseillé.

Buffy haussa les sourcils.

— Poisson du jour ? traduisit-elle maladroitement.

Son amie gloussa.

— Non, ça veut dire « profite du jour présent ».

— Oh.

Buffy hésita. Le cœur battant à tout rompre, elle comprit qu'elle avait pris sa décision.

— Je pense qu'on va le faire, souffla-t-elle, le cœur en fête. Qu'on profitera du jour présent... Ou, en l'occurrence, de la nuit. Quand on en est arrivés là, il n'y a plus tellement d'autre solution...

Elle dévisagea Willow pour voir sa réaction. Son amie n'eut l'air ni choqué ni désapprobateur ; comme Buffy s'y attendait, elle se rangea de son côté.

— Ouah, souffla-t-elle, à la fois envieuse et impressionnée.

Buffy eut un sourire nerveux.

— Oui, hein ?

— Ouah, répéta Willow sur le même ton.

A cet instant, la cloche du lycée sonna. Buffy se leva en grognant. Willow l'imita et lui emboîta le pas.

— Ouah, fit-elle de nouveau.

Elle rattrapa son amie.

— Ouah...

— Oui, hein ? dit encore Buffy, que l'excitation gagnait.

Puis elle jeta un coup d'œil vers les tables de piquenique en béton qui parsemaient la pelouse, et plus particulièrement vers le garçon assis sur l'une d'elles qui grattouillait une guitare électrique. Un ampli noir était posé à côté de lui. *Maintenant, c'est au tour de Willow de réfléchir un peu...*

— En parlant de « ouah » potentiel, dit-elle, l'air détaché, j'aperçois Oz là-bas. Qu'est-ce que tu penses de lui ?

— Il est gentil. Et j'adore ses mains, avoua Willow, radieuse.

— Ah ! Ah ! s'exclama Buffy. Faire une fixation sur des détails insignifiants, c'est un signe ! Tu as le béguin pour lui !

— Je ne sais pas trop si je devrais, dit humblement Willow. Après tout, il est en terminale.

Buffy comprenait son amie, mais elle ne pouvait pas se laisser impressionner par ce genre d'argument.

— Tu le trouves trop vieux pour toi, peut-être ? Je t'en prie... Mon petit copain a presque deux siècles et demi !

— C'est vrai, concéda Willow, nerveuse. C'est juste que... Enfin...

Buffy sentit qu'elle devait insister. Willow était tellement adorable ! *Elle mérite un petit copain avec qui sortir et s'amuser. D'accord, Oz ne connaît pas mon identité secrète de Clark Kent et tout le reste. Il ne fait pas partie du gang de Scoubidou, comme dirait Alex, mais on trouvera bien un moyen de lui cacher la vérité.*

— Tu ne peux pas passer le reste de ta vie à attendre qu'Alex se réveille et te remarque. Fais le premier pas. Va lui parler.

Mais Willow n'était pas convaincue.

— Et si au lieu de lui parler, je n'arrive qu'à garder le silence ? Ce serait tellement embarrassant…

— Qui ne tente rien n'a rien, lui rappela Buffy.

Puis elle s'éloigna pour ne pas laisser le choix à son amie.

*Gasp !*
Rassemblant son courage, Willow s'approcha d'Oz. Toujours assis sur la table de pique-nique, il continuait à torturer sa guitare.

— Salut, dit-elle en faisant le tour pour se placer face à lui.

Dès qu'il entendit sa voix, le jeune homme cessa de gratter les cordes de son instrument et leva les yeux vers elle.

— Salut, répondit-il, lui consacrant soudain toute son attention.

C'était une des choses qu'elle préférait chez lui : il savait qu'écouter, ça ne consistait pas juste à attendre son tour de parler. Manque de chance, c'était de nouveau le tour de Willow de parler. *Mais je peux le faire*, tenta-t-elle de se convaincre.

— Vous, euh, vous jouez quelque part ce soir ? demanda-t-elle, essayant de prendre l'air cool et échouant lamentablement.

— Non, on a une répétition, la détrompa Oz. On est en train de tester un nouveau son... qui craint, pour le moment. Alors il faut qu'on s'entraîne.

— Moi, je trouve que vous vous débrouillez bien, dit Willow.

*Je suis en train de lui parler ! Et il me répond ! Nous avons une conversation !* s'émerveilla-t-elle.

— Merci, fit Oz, l'air sincèrement flatté.

— Je parie que tu as des tas de fans, avança Willow, timide.

Un sourire amusé naquit sur les lèvres d'Oz.

— Ça arrive. Mais en ce moment, elles me fichent la paix.

— Oh.

Tandis qu'il baissait les yeux vers sa guitare, Willow se mordit la lèvre. Elle était à court de reparties. *Et voilà, l'heure du silence embarrassant est arrivée...*

Puis Oz la regarda bien en face et dit :

— Je vais te demander de sortir avec moi demain soir, et je suis un peu nerveux. C'est assez intéressant comme sensation.

*Ouah*, songea Willow. *Ouah.*

— Si ça peut t'aider, souffla-t-elle, je compte accepter.

Oz hocha la tête, très sérieux.

— Oui, ça m'aide beaucoup. Ça crée un climat de confiance. (De nouveau, il sourit.) Tu veux sortir avec moi demain soir ?

Willow sursauta et se tapa sur le front.

— Je ne peux pas !

*Tragédie ! Frustration !*

Oz n'eut pas l'air perturbé.

— Ah. J'aime les filles imprévisibles.

*Ça tombe tellement mal...*

— C'est que... C'est l'anniversaire de Buffy, et on lui organise une soirée surprise.

— Ça ne fait rien.

— Mais tu pourrais venir, ajouta Willow. Enfin, si tu voulais.

Histoire de lui laisser une porte de sortie...

Oz hésita.

— Je n'aimerais pas m'imposer...

— Oh, tu ne nous dérangerais pas du tout, se hâta de le rassurer la jeune fille. Tu pourrais être mon cavalier.

De nouveau, Oz lui adressa son sourire si particulier : chaleureux, un peu amusé et tellement adorable.

— C'est d'accord, je viendrai.

Willow faillit paniquer. Il ne lui était encore jamais arrivé d'inviter un garçon. Elle fit mine de s'éloigner, et Oz baissa la tête pour lui montrer qu'il avait compris. Le souffle court, arborant une grimace idiote, la jeune fille se détourna en murmurant :

— J'ai dit : « mon cavalier »...

*Ouah.*


Cordélia avait un millier de choses à faire : entre autres, se souvenir d'emporter son numéro d'*Allure* pour le lire pendant l'étude. Tandis qu'elle le sortait de son casier, Alex Harris s'approcha en affectant un air dégagé.

— Hum. La soirée d'anniversaire de Buffy, commença-t-il. C'est demain.

Un peu irritée par cette interruption, et encore plus par les intentions d'Alex qu'elle n'avait aucun mal à deviner, Cordélia lâcha :

— Ce n'est pas parce que Buffy a sauvé le monde deux ou trois fois qu'on est obligés d'en faire toute une histoire. Tu te rends compte qu'il faut que je cuisine ?

— Que tu cuisines ? répéta Alex sur un ton moqueur, comme s'il n'en croyait pas ses oreilles.

— Je pensais amener des chips avec plein de petites sauces, annonça Cordélia, sur la défensive.

— Quelle horreur, railla Alex. Tous ces pots et ces paquets à ouvrir...

— Et il va falloir que je fasse les courses et que je trimbale le tout, se défendit Cordélia, refusant de s'énerver.

*Qu'ai-je à fiche de ce qu'il pense ?*

— Tu devrais avoir un domestique pour faire ce genre de choses à ta place, suggéra Alex.

— C'est ce que je n'arrête pas de répéter à mon père, mais il ne m'écoute jamais, admit Cordélia en continuant à fouiller dans son casier.

Mais au lieu de s'éloigner, le jeune homme se pencha vers elle.

— Donc, tu y vas, et j'y vais aussi. On ne pourrait pas y aller ensemble ?

— Pourquoi faire ? demanda Cordélia avec un étonnement ravi qu'elle ne ressentait plus depuis longtemps.

Après tout, elle était une pro des relations amoureuses. Elle n'allait pas se laisser surprendre par ce novice !

Alex haussa les épaules.

— Je ne sais pas. Mais ce truc entre nous... Ça n'arrête pas de se reproduire. On ferait mieux d'admettre qu'on sort ensemble.

*Mais bien sûr ! Alex Harris et Cordélia Chase, un couple officiel ? Et puis quoi encore ?*

— Se peloter dans un placard à balai, ça ne compte pas, l'informa la jeune fille. On considère que des gens sortent ensemble uniquement quand le garçon dépense de l'argent.

— Très bien. Je dépenserai d'abord, et on se pelotera ensuite.

Alex avait l'air un peu trop sérieux, et ça ne lui

plaisait pas du tout. En général, les garçons qui voulaient sortir avec elle étaient beaucoup plus cool. *Et surtout, ils ne passent pas leur temps à se moquer de moi chaque fois que je les ai en face.*

— Enfin, tu fais comme tu veux, soupira le jeune homme. Mais je trouve bizarre qu'on doive se cacher de nos amis.

Cordélia lui fit face.

— Evidemment que tu aimerais le crier sur les toits ! Tu n'as pas besoin d'avoir honte ! Moi, en revanche...

Alex cligna des yeux.

— Tu sais quoi ? C'était idiot. Oublie ce que j'ai dit. Ça doit être mon jumeau débile qui a pris le dessus, celui qui est complètement maso.

Enfonçant les mains dans ses poches, il s'éloigna à grands pas furieux.

*Dieu merci,* songea Cordélia. *Enfin tranquille.*

Mais elle était impressionnée qu'il ose lui tenir tête. Même si elle ne l'aurait jamais admis devant personne.

Rupert Giles, officiellement venu aux Etats-Unis pour occuper les fonctions de bibliothécaire du lycée de Sunnydale, traversait la salle de détente avec son attaché-case au bout d'un bras et une pile de magazines d'archéologie sous l'autre quand il repéra Alex Harris.

Giles était l'Observateur de Buffy Summers, la personne chargée d'entraîner la jeune fille et de superviser ses activités de Tueuse. A la fois un instructeur et un conseiller, mais aussi un ami, bien que cela ne plaise guère à ses supérieurs.

Son travail exigeait qu'il soit capable d'envoyer sa protégée à la mort en cas de besoin : par exemple, pour mettre un terme à une bataille — pas à la guerre, qui durait depuis des siècles — entre les forces du bien et du mal. La guerre, elle, continuerait longtemps après que Buffy et lui seraient retournés à la poussière.

Ces pensées sinistres étaient bien loin de son esprit lorsqu'il salua Alex.

— Bonjour. Tout est prêt pour la soirée ? demanda-t-il.

— Tout est prêt, confirma le jeune homme, l'air un peu abattu. Vous vous sentez d'humeur à faire la fête ?

A cet instant, Giles aperçut Buffy et Mlle Calendar qui descendaient l'escalier.

Jenny Calendar ne cessait de l'étonner : jeune, ravissante, intelligente et technopaïenne pour couronner le tout. Elle avait tout de suite compris les événements qui se déroulaient sur la Bouche de l'Enfer, ainsi que le rôle joué par Buffy et par Giles. A deux reprises, elle avait — au sens figuré — retroussé ses manches pour les aider à lutter contre les forces des ténèbres.

Tandis que Buffy et elle s'approchaient, Giles se pencha vers Alex pour chuchoter :

— Voilà Buffy. Souviens-toi que la discrétion est une qualité précieuse.

— Vous auriez pu vous contenter d'un « chut », fit remarquer le jeune homme. Pourquoi faut-il que les Anglais soient toujours aussi mélodramatiques ?

Buffy et Mlle Calendar les rejoignirent.

— Je sens venir une petite fessée de pré-anniversaire, plaisanta Alex en se frottant les mains d'un air gourmand.

Buffy lui jeta un regard qui aurait fait fondre l'acier tandis que Mlle Calendar déclarait :

— A ta place, je maîtriserais mes impulsions, Alex.

— Bien reçu, lâcha le jeune homme en faisant mine de parler dans un micro fixé au col de sa chemise. Annulez la fessée.

Buffy et Mlle Calendar prirent place à une table

ronde. Pendant qu'il les imitait, Giles fronça les sourcils en étudiant les traits tirés de sa protégée.

— Tu vas bien, Buffy ? Tu sembles un peu fatiguée.

— J'ai mal dormi, avoua la jeune fille. J'ai rêvé que Drusilla était vivante et qu'elle tuait Angel. (Elle fit la grimace, comme si prononcer ces mots lui était douloureux.) Ça m'a foutu les jetons.

Sans réfléchir, Giles passa en mode « Observateur ». Il tenait ce rôle depuis si longtemps que ce qu'il considérait autrefois comme emprunté et superficiel était devenu son identité réelle.

— Donc, tu penses que c'était un augure, dit-il en choisissant ses mots avec soin.

Buffy haussa les épaules et soupira :

— Je ne sais pas trop. Je ne voudrais pas alarmer tout le monde pour rien...

— Néanmoins, mieux vaut nous tenir sur nos gardes. Si Drusilla était toujours en vie, les conséquences pourraient être cataclysmiques.

*Et c'est un doux euphémisme,* songea Giles. *Parce que son seul objectif — sa mission — serait de se venger de ma Tueuse.*

— Vous gaspillez encore des mots, lui reprocha Alex. Vous pourriez vous contenter de dire qu'on serait dans la panade.

La fréquentation du jeune homme avait enseigné la patience à Giles, qui le remercia mentalement de cette nouvelle leçon.

— Va en cours, Alex ! lui ordonna-t-il d'un air las.

— Je suis parti, déclara le jeune homme en se levant. (Il se détourna, puis jeta un coup d'œil par-dessus son épaule.) Vous remarquerez l'économie de mots. « Je suis parti » : simple, direct, efficace.

Buffy se leva à son tour.

— Moi aussi, il faut que j'y aille.

Giles l'imita et, tentant de ne pas trahir son inquiétude, lui suggéra :

— Ne t'en fais pas inutilement, Buffy. Je suis sûr que ça n'est rien.

— Je sais, dit la jeune fille avec un rictus. Je devrais garder mon calme de Tueuse. Mais je réagis toujours violemment dès que quelque chose concerne Angel.

Sur ces mots, elle partit commencer sa journée de lycéenne. Giles la regarda s'éloigner, un pli soucieux barrant son front, et espéra sincèrement que son rêve ne signifiait rien.

*Et pourtant, je ne peux pas en être certain. Si ce monstre est toujours vivant, que Dieu nous vienne en aide.*

*Que Dieu nous vienne en aide...*

Serrant une boîte en fer contre sa poitrine, Dalton, un vampire érudit silencieux et loyal, entra dans l'ancienne usine éclairée par la lueur des bougies.

Son défunt chef, le jeune garçon surnommé le Juste des Justes, y avait conduit la confrérie locale après la mort du Maître. A l'époque où celui-ci régnait sur les vampires de Sunnydale, ils vivaient dans les souterrains de la ville, où un séisme avait emprisonné le Maître dans les ruines d'une église. Mais cette époque était désormais révolue, tout comme le règne du Juste des Justes.

— J'ai votre paquet, lança Dalton à la cantonade.

— Pose-le sur la table avec les autres cadeaux, répondit une voix.

Le nouveau patron de Dalton s'approcha dans sa chaise roulante. Spike. C'était lui qui avait détruit le Juste des Justes en l'emprisonnant dans une cage qu'il avait hissée par une trappe sur le toit de l'usine. Là, les rayons du soleil avaient achevé le travail, réduisant en cendres le minuscule vampire.

Spike s'était alors emparé de la place laissée libre par la disparition du Juste des Justes. Plus tard, alors qu'il tentait de rendre la santé à sa compagne, Drusilla, il s'était fait attaquer dans une église par ce traître d'Angel et par les deux Tueuses qui l'accompagnaient. Il y avait aussi une poignée d'humains, bien que ceux-ci ne comptent pas aux yeux de Dalton : les humains servaient à se nourrir, et rien d'autre.

L'incendie qui s'était déclaré ensuite avait failli être fatal à Spike. Grâce à l'aide de Drusilla et à sa constitution robuste, il s'en était tiré. Mais il semblait encore plus pâle qu'avant et ne se déplaçait plus qu'en chaise roulante.

Tandis que Dalton s'empressait de lui obéir, Drusilla sortit à son tour de l'ombre, vêtue d'une robe rouge sans manches. Les efforts de Spike n'avaient pas été vains : désormais, la vampire irradiait d'énergie et de pouvoir. Du coup, leurs rôles s'étaient inversés, et c'était elle qui prenait soin de lui.

— Es-tu bien certaine de vouloir faire ça, poussin ? demanda Spike sur un ton hésitant. Tu ne préférerais pas qu'on donne une soirée à Vienne ?

S'efforçant de ne pas se mêler à leur conversation, Dalton posa la boîte qu'il tenait près de deux coffrets similaires. Deux autres vampires étaient en train de décorer l'usine en prévision des festivités, entortillant les tiges de fleurs rouges autour du dossier des chaises hautes.

— Mais nous avons déjà envoyé les invitations, protesta Drusilla avec une moue boudeuse.

Spike eut l'air frustré. Jamais il ne refuserait à sa compagne quelque chose dont elle avait envie, même s'il était souvent difficile de faire la différence entre ses caprices et ses désirs.

— C'est juste que j'en ai assez de cet endroit, soupira-t-il. Rien ne s'y passe jamais comme prévu.

*Rien ne saurait être plus vrai*, songea Dalton, morose, en se gardant bien d'intervenir. Son patron, autrefois si fort et vigoureux, n'était plus que l'ombre de lui-même.

Drusilla lui passa les bras autour du cou et chuchota affectueusement :

— Mes soirées sont toujours réussies. Tu te souviens de celle que j'ai donnée en Espagne ?

Avec un sourire de connivence, elle s'agenouilla devant lui pour caresser ses cuisses et son torse.

— Tu te souviens des taureaux ? ronronna-t-elle encore, en lui adressant un regard plein de promesses... et de secrets qu'ils étaient seuls à partager.

— Je me souviens, poussin.

Spike ne put s'empêcher de lui rendre son sourire. Mais celui-ci s'évanouit presque aussitôt.

— Sunnydale est maudite, lui rappela-t-il. A cause d'Angel et de la Tueuse.

— Chut, souffla Drusilla à son oreille. J'ai préparé des jeux amusants pour tout le monde. (Elle lécha amoureusement les cicatrices de brûlure sur la joue de son amant.) Tu verras.

Puis elle s'éloigna, rayonnante, pour superviser la décoration florale. Tout à coup, son expression se figea, et elle commença à trembler.

— Ça ne va pas. C'est affreux ! Je ne peux pas le supporter !

Le visage tordu par la colère, perdant tout contrôle d'elle-même, elle arracha les fleurs et les jeta par terre.

Puis, aussi brusquement qu'elle avait commencé, elle s'interrompit et porta une main à sa joue.

Spike jeta un regard las aux deux vampires chargés de la décoration.

— Essayez autre chose, voulez-vous ? demanda-t-il avec l'air de quelqu'un qui a déjà vécu ce genre de situation des centaines de fois.

L'humeur de Drusilla changea de nouveau. Les yeux brillants de plaisir, elle avança vers la table où reposaient les cadeaux.

— Je peux en ouvrir un ? demanda-t-elle en battant des cils. Je peux, dis ?

Spike eut un gloussement indulgent.

— Juste un coup d'œil, alors. Ils sont pour la soirée.

Frétillant d'excitation, Drusilla ouvrit la boîte que Dalton venait d'apporter et fixa un regard émerveillé sur son contenu.

— Ça te plaît, chaton ? demanda Spike avec une note de fierté dans la voix.

Il avait fait très fort sur ce coup-là, et il le savait.

— Ça sent la mort, se pâma Drusilla.

Elle revint vers Spike et s'agenouilla devant lui pour lui pétrir les cuisses.

— Ce sera la plus belle de toutes les soirées.

— Et pourquoi ça ? demanda Spike affectueusement.

— Parce que ce sera la dernière, répondit Drusilla en revenant vers la table.

Une lueur de triomphe dans le regard, elle referma la boîte.

# CHAPITRE II

Dans la cuisine ensoleillée de la maison des Summers, sur Revello Drive, Joyce débarrassait la table du petit déjeuner pendant que Buffy mettait ses bracelets extensibles. Une carte d'anniversaire ouverte gisait sur le plan de travail.

C'était le jour de ses dix-sept ans et la jeune fille se sentait toute guillerette. Après une bonne nuit de sommeil qu'aucun cauchemar n'était venu interrompre, son anniversaire ressemblerait à celui de n'importe quelle adolescente qui a eu le malheur de ne pas naître pendant les vacances scolaires.

— On ira au centre commercial samedi, lui rappela sa mère. Pour acheter ton cadeau. Tâche de ne pas oublier.

Buffy la dévisagea comme si elle était devenue folle.

— Oublier un marathon de shopping sponsorisé par mes parents ? Ça ne risque pas d'arriver !

— Alors, demanda Joyce avec un sourire, qu'est-ce que ça fait d'avoir dix-sept ans ?

— C'est amusant que tu m'en parles, répondit joyeusement Buffy. Ce matin en me levant, je me suis sentie plus mûre, plus responsable.

— Vraiment ? C'est à peine croyable, dit Joyce, qui se doutait que sa fille voulait en venir quelque part.

Buffy hocha la tête.

— Bref, j'ai toutes les qualités qu'on est en droit d'attendre d'une candidate au permis de conduire.

Joyce fronça les sourcils.

— Buffy…

— Tu m'avais dit qu'on en reparlerait quand j'aurais dix-sept ans, coupa l'adolescente.

Une assiette dans les mains, Joyce se tourna vers l'évier.

— Crois-tu vraiment être prête ? demanda-t-elle.

La question qu'elle avait posée dans le cauchemar…

L'assiette échappa des mains de Joyce et se brisa sur le sol.

Buffy se raidit. Elle eut l'impression qu'on venait de la plonger dans une mare d'eau glacée.

Ça commençait. Son rêve allait se réaliser point par point.

*Je me demande s'il ne faudrait pas que je me change avant d'aller à la soirée d'anniversaire de Buffy*, songea Jenny Calendar en s'efforçant de maintenir l'équilibre précaire des livres, du sac à main et de la tasse de tisane qu'elle portait jusqu'au laboratoire d'informatique.

Elle posa le tout sur son bureau et entreprit de consulter ses papiers en prévision du premier cours de la journée. *On va pouvoir passer à la leçon suivante*, décida-t-elle. *Ils sont prêts à aborder les choses sérieuses.*

Derrière elle, quelqu'un prononça son nom très lentement, avec un fort accent d'Europe de l'Est.

— Jen-ny Ca-len-dar.

Sursautant, la jeune femme fit volte-face.

Un individu de haute taille se tenait dans l'encadrement de la porte, d'où il avait lu son nom sur le tableau noir. Il portait un chapeau marron, une chemise blanche avec une cravate de dentelle noire et un gilet au revers orné d'une épingle d'argent.

Jenny le connaissait bien. Mais elle se sentait mal à l'aise en sa présence, car il était son supérieur selon la hiérarchie du sang et selon celle des « obligations ».

*Oncle Enyos…*

Il semblait extrêmement mécontent d'elle.

— Tu m'as fait peur, souffla-t-elle, luttant pour reprendre contenance.

— Tu as l'air en pleine forme, lança Enyos d'une voix tranchante.

— Oui, je vais bien.

*Il est en colère. Ça ne m'étonne pas. Je le serais aussi à sa place. Mais s'il était à la mienne, il ressentirait la même chose que moi.*

D'un pas vif, Jenny se réfugia derrière son bureau.

— Je sais que je n'ai pas beaucoup écrit ces derniers temps. J'ai été très occupée…

Enyos se renfrogna davantage.

— Je ne vois pas ce qui peut être assez important pour te faire oublier tes responsabilités envers notre peuple.

*Il a raison. Rien ne devrait compter davantage.*

Pourtant, Jenny tenta de se justifier.

— Je travaillais, et…

— L'Ancienne a vu des signes, coupa son oncle. Quelque chose a changé.

— Bien sûr que non, répliqua fermement Jenny. La malédiction tient toujours.

— L'Ancienne ne se trompe jamais ! insista Enyos. Elle dit que sa douleur s'atténue. Elle le sent.

*Miséricorde,* songea Jenny. *Je ne veux plus participer à ça.*

— Il y a…, commença-t-elle.

Son oncle se pencha en avant.

— Il y a quoi ?

— Une fille.

Jenny se sentait la pire des traîtresses. *Rupert, je suis désolée*, pensa-t-elle en espérant qu'il n'apprendrait jamais la vérité sur son identité et sur les raisons de sa présence à Sunnydale.

Les yeux du vieil homme lancèrent des éclairs.

— Une quoi ? s'exclama-t-il, incrédule. Comment as-tu pu laisser une chose pareille se produire ?

— Je te jure qu'Angel continue à souffrir et à se racheter, dit précipitamment Jenny. Il m'a même sauvé la vie.

— Et ça te suffit pour oublier qu'il a assassiné la bien-aimée de ta tribu ? Qu'il a tué chaque homme, chaque femme et chaque enfant qui comptait pour elle ?

Jenny baissa la tête.

— La vengeance exige que sa douleur soit éternelle, rugit Enyos. Comme la nôtre. Si cette... fille... lui donne une seule minute de bonheur, ce sera une minute de trop.

Jenny soupira.

— Je suis navrée. Je pensais...

— Tu as pensé quoi ? Que tu étais Jenny Calendar ? cracha son oncle. Tu resteras toujours Janna du clan des Kalderash. Une gitane.

— Je sais, répliqua la jeune femme.

Ses traits se durcirent. Son oncle n'avait aucune idée de la situation dans laquelle elle était. Elle s'était attachée à Buffy et à ses amis, et se sentait déchirée par des loyautés contradictoires.

— Je sais, répéta-t-elle avec conviction.

— Dans ce cas, prouve-le, dit Enyos. Le temps de l'observation est fini pour toi. Cette histoire entre lui et la fille... Elle doit se terminer au plus vite. Prends les mesures nécessaires pour qu'il en soit ainsi.

Jenny garda la tête haute, mais son regard exprima la

sympathie qu'elle éprouvait pour Buffy et pour Angel. Une grande tristesse l'envahit à l'idée de ce qui — elle le comprenait maintenant — était une tentative maladroite de punir un crime très ancien...

— Tu peux compter sur moi, affirma-t-elle sans mentir.

*Je le ferai, même si je n'en ai aucune envie.*

Son oncle, qui n'était pas vraiment satisfait du résultat de leur entrevue mais ne trouvait rien d'autre à ajouter, tourna les talons et sortit.

La jeune femme resta derrière son bureau, méditant sur l'absurdité de son existence : Jenny Calendar, technopaïenne à la pointe de la mode, était en réalité une espionne des gitans, sur le point de faire tout son possible pour briser le cœur de la Tueuse.

L'estomac noué, Buffy était assise dans la bibliothèque avec Giles. Elle avait du mal à croire que c'était toujours la journée où elle s'était réveillée de si bonne humeur. Les choses avaient pris un tour tellement sinistre en quelques minutes...

*Décidément, il n'y a pas de répit pour les Tueuses, même quand elles fêtent leur anniversaire.*

— Et puis ma mère a lâché l'assiette, acheva-t-elle, exactement comme dans mon cauchemar. Chaque mot, chaque geste était identique. Ça m'a glacé les sangs.

Giles réfléchit à ce que sa protégée venait de lui apprendre.

— Oui, je comprends que ça t'ait déstabilisée.

Il était en train de jouer nerveusement avec sa chope à thé aux rayures pastel quand Alex et Willow entrèrent en trombe dans la pièce.

— Mais c'est notre héroïne du jour ! s'exclama le jeune homme en apercevant Buffy.

Willow s'approcha de son amie pour la serrer dans ses bras.

— Joyeux anniversaire, Buffy !

Elle dut sentir que quelque chose clochait, car elle recula en haussant les sourcils.

— Pas joyeux anniversaire, Buffy ?

La Tueuse lui jeta un regard morne.

Giles décida d'expliquer la situation à sa place.

— C'est juste que... une partie du cauchemar qu'elle a fait l'autre nuit vient de se réaliser.

L'entendre prononcer ces mots fit frissonner Buffy.

— Ce qui veut dire que Drusilla est peut-être encore vivante, ajouta-t-elle. (Elle se tourna vers l'Observateur pour chercher son soutien.) Giles, dans mon rêve, je n'ai pas pu l'arrêter. Elle m'a pris complètement au dépourvu. Angel était mort avant que je comprenne ce qui arrivait.

Giles soutint le regard de sa protégée.

— Même si Drusilla est toujours vivante, nous pouvons défendre Angel. Les songes ne sont pas des prophéties, Buffy. Tu as rêvé que le Maître se relevait, mais tu as empêché sa résurrection.

*Angel m'a dit la même chose,* faillit-elle confier à Giles. *Dans son appartement hier matin, quand nous avons... quand je voulais rester. Quand j'espérais qu'il me soulève dans ses bras et qu'il m'emmène jusqu'à son lit pour...*

Alex acquiesça, croisant les bras sur sa poitrine.

— Tu as réduit ses os en miettes. Même si son squelette ne ressemblait pas à du pain.

Un peu réconfortée par la blague idiote de son ami, Buffy se détendit.

— C'est vrai, dit-elle. Personne n'aurait voulu en manger. D'accord, nous avons une longueur d'avance.

(Elle fixa son Observateur.) Et j'entends que nous la gardions.

— Tout à fait. Laisse-moi effectuer quelques recherches au sujet de Drusilla, pour voir si elle a des habitudes qui nous permettraient de prévoir ses prochains mouvements. Repasse ici vers sept heures, nous élaborerons une stratégie.

— Que vais-je faire jusque-là ? protesta Buffy, se sentant écartée.

Giles fit un geste insouciant avec la main qui tenait sa chope, puis se dirigea vers son bureau.

— Aller en cours, faire tes devoirs, dîner...

— Je vois, murmura la jeune fille en se levant et en saisissant sa veste. Je vais être l'autre Buffy.

L'adolescente qui menait une vie ordinaire, celle dont c'était l'anniversaire et dont les principales préoccupations étaient de savoir comment elle allait dépenser l'argent de sa mère le samedi, ou si elle réussirait à décrocher son permis de conduire.

Pas la Tueuse dont le petit ami vampire était peut-être déjà mort.

Tandis qu'elle quittait la bibliothèque, Alex lâcha d'un air découragé :

— La pauvre, son anniversaire commence mal.

— Au temps pour notre soirée surprise, soupira Willow. Et moi qui avais acheté des petits chapeaux !

— Misère ! renchérit Alex, partageant sa déception.

— Il va falloir le dire à Cordélia...

Willow leva les yeux au ciel, l'air écœuré.

— Il n'en est pas question. Cette soirée aura lieu quand même ! lança Giles, debout sur le seuil de son bureau.

Alex haussa les sourcils et dévisagea le bibliothécaire comme il avait observé une collection de poteries brisées lors de leur récente sortie scolaire au musée de Sunnydale.

— On dirait ce rabat-joie de Giles, sauf qu'il prononce des mots bizarres.

— La soirée de Buffy aura lieu comme prévu, insista le bibliothécaire. A ceci près que le petit chapeau est hors de question en ce qui me concerne.

Willow prit l'air chagriné.

— Mais Buffy et Angel…

— … sont peut-être en danger, acheva Giles. Comme ils l'ont déjà été et comme ils le seront encore, j'imagine. Une des choses que j'ai apprises en vivant sur la Bouche de l'Enfer, c'est qu'il n'y a jamais de moment bien choisi pour se détendre. Mais Buffy n'aura dix-sept ans qu'une seule fois, et elle mérite cette soirée.

*Si peu de Tueuses atteignent cet âge,* se garda-t-il d'ajouter.

Alex fut franchement impressionné.

— Vous êtes un des grands hommes de notre siècle, dit-il.

— De toute façon, Angel doit venir, rappela Willow, rassérénée. Comme ça, elle pourra le protéger et manger son gâteau en même temps.

— Précisément, approuva Giles.

Satisfaits, Alex et Willow s'en furent en cours.

La journée avait été longue, surtout pour un anniversaire. Quand on n'a pas beaucoup d'amis au lycée, personne ou presque ne sait que c'est une date spéciale. Visiblement, la seule chose qui allait « égayer » la soirée de Buffy serait sa réunion de sept heures avec Giles.

Pendant qu'elle traversait un couloir désert, Mlle Calendar sortit de l'ombre.

— Buffy ! appela-t-elle.

La jeune fille sursauta, puis se passa une main dans les cheveux pour cacher son embarras.

— Oh, je ne vous avais pas vue…

Elle aimait bien Mlle Calendar, qu'elle trouvait jolie et intelligente. En outre, la prof d'informatique avait le béguin pour Giles, et ça faisait plaisir à Buffy. Sans compter qu'elle était au courant des événements maléfiques qui se tramaient à Sunnydale. Ça ne la perturbait pas plus que ça et, à plusieurs reprises, elle avait donné un sérieux coup de main au gang de Scoubidou.

— Désolée, s'excusa Mlle Calendar. Giles voulait que je te dise qu'il y a eu un changement de programme. Il souhaite que tu le rejoignes près de chez lui. (Elle haussa les épaules.) Je suppose qu'il a dû rentrer chercher un bouquin.

Buffy cligna des yeux.

— Car le ciel sait qu'il n'y en a pas assez dans la bibliothèque…

Mlle Calendar prit automatiquement la défense de Giles.

— Oh, il est très consciencieux.

— Ce qui est une qualité, acquiesça Buffy, ne voulant pas paraître trop injuste. (Après tout, Giles s'efforçait seulement de protéger Angel.) Et même une qualité assez virile, dans le genre obsessionnel, vous ne trouvez pas ?

— Hum… Ma voiture est par ici, dit Mlle Calendar pour se dérober à la question. Tu veux que je t'emmène ?

— D'accord, accepta Buffy.

Elles montèrent dans la vieille Coccinelle du professeur. Buffy trouvait ce genre de voiture vraiment cool. *Une fois que j'aurai mon permis, je pourrai peut-être en acheter une,* songea-t-elle. Puis, après un instant de réflexion. *C'est ça, oui… Avec l'argent que me rap-*

*porte mon boulot de Tueuse après les cours, par exemple.*

Mlle Calendar s'engagea dans des ruelles étroites qui ne conduisaient pas vraiment vers le quartier de Giles. Etonnée, Buffy regarda autour d'elle.

— On va au *Bronze* ? s'enquit-elle.

— Je n'en suis pas sûre, répondit Mlle Calendar sans détacher le regard de la route. Giles m'a donné une adresse. Je suis ses indications.

Un peu plus loin, un gros camion blanc était garé près d'un quai de chargement. Trois types à l'air douteux y enfournaient une boîte rectangulaire.

— Ça m'a l'air louche. Vous pouvez vous arrêter ? demanda Buffy.

Mlle Calendar se borna à ralentir.

— Tu ne devrais peut-être pas…, commença-t-elle.

Buffy ouvrit sa portière.

— Désolée, dit-elle avec un haussement d'épaules. Devoir sacré, bla bla bla…

Elle sortit avant l'arrêt complet tandis que Mlle Calendar, restée seule, murmurait :

— Mais que se passe-t-il ?

Buffy se dirigea vers le camion. Alors qu'elle longeait la cabine, côté conducteur, un des méchants potentiels qui se tenaient sur le quai passa sous une lampe.

Buffy le reconnut aussitôt : c'était le vampire Dalton, un des suppôts de Spike.

Elle secoua la tête et soupira.

— Chaque fois qu'on se rencontre, tu es en train de voler quelque chose.

Dalton l'aperçut et grogna.

— Tu devrais vraiment voir un psy pour tes problèmes de kleptomanie, continua la jeune fille.

Le moteur du camion rugit et elle tourna la tête pour

voir ce qui se passait. Dalton en profita pour finir de charger sa caisse à l'arrière. Puis la porte du conducteur s'ouvrit et un vampire en chemise à carreaux flanqua un coup de pied dans la poitrine de Buffy.

Celle-ci saisit son adversaire par le col et le délogea de son perchoir. Il s'effondra sur le sol ; quand il se releva, elle lui décocha un coup de poing d'une telle force qu'il fit un saut périlleux arrière.

S'adossant à la cabine pour éviter une autre mauvaise surprise, Buffy attendit que le vampire repasse à l'attaque.

Un autre agresseur jaillit de la benne, la ceintura, lui plaquant ses bras le long des flancs, et la souleva pour la jeter dans le camion.

La jeune fille profita de l'élan qu'il lui avait donné pour le pousser en arrière contre une pile de caisses, puis se dégager de son étreinte et lui donna un bon coup de tête.

Le chauffeur avait bondi dans la benne ; il s'approcha, l'air menaçant. Buffy et lui échangèrent quelques coups. Il finit par tomber par-dessus bord au moment où son compagnon se relevait et tentait d'attaquer la jeune fille par-derrière. Mais Buffy fut plus rapide et le projeta sans ménagement sur le chauffeur toujours sonné par sa chute.

Au *Bronze*, les amis de Buffy s'étaient tapis dans l'ombre, attendant son arrivée pour jaillir de leur cachette.

— Mais où est-elle ? murmura Angel, impatient.

Les autres risquèrent un coup d'œil par-dessus la table de billard couverte de chips, de petits bols de sauces, d'assiettes en papier et de serviettes violettes. Quelqu'un avait même disposé les billes en forme d'étoile.

— Chut ! dit Willow. Je crois que je l'entends.

A cet instant, Buffy lança le poing vers la benne en bois, arracha une planche et s'en servit pour embrocher le vampire qui bondissait sur elle. Le chauffeur l'empoigna à bras-le-corps, la porta jusqu'au bâtiment et la jeta contre le mur.

Sonnée, la jeune fille s'écroula sur le sol.

Angel venait de réaliser que les bruits étranges qui résonnaient depuis un moment étaient ceux d'un combat quand Buffy et un vampire en chemise à carreaux passèrent au travers d'une fenêtre pour atterrir sur la scène du *Bronze*.

Des éclats de verre volèrent en tous sens. Buffy et le vampire se jetèrent l'un sur l'autre tandis que les amis de la jeune fille émergeaient de leur cachette.

Saisissant une baguette de batteur, elle la plongea dans la poitrine du mort-vivant, qui explosa aussitôt.

Il y eut quelques secondes d'un silence choqué.

Puis Cordélia sortit de derrière le gâteau en criant :

— Surprise !

Tout le monde se tourna vers elle.

— Je crois que ça résume assez bien la situation, lâcha Oz, qui ne semblait pas perturbé.

Buffy sauta de la scène pendant qu'Angel et Giles se dirigeaient vers elle.

— Tu vas bien ? demanda son petit ami, anxieux.

La jeune fille eut un geste vague.

— Il y avait des vampires dehors, et... (Elle promena un regard étonné autour d'elle.) Que se passe-t-il ?

— C'est une petite soirée en ton honneur, expliqua Giles.

Maladroitement, il souffla dans une langue-de-belle-mère.

— Joyeux anniversaire ! cria Cordélia.

Giles jeta sa langue-de-belle-mère par-dessus son épaule.

Le visage de Buffy s'éclaira.

— Vous avez fait tout ça pour moi ? (Son regard se posa sur Giles, qui sourit, puis sur Angel.) C'est si adorable !

— Tu es sûre que tu vas bien ? demanda de nouveau son petit ami, comme s'il n'était pas rassuré.

— Oui, impeccable, le rassura la jeune fille.

Oz fixait toujours l'endroit où le vampire avait disparu. Willow s'approcha de lui.

— Et toi, tu vas bien ?

— Ouais... Vous avez vu ce type se transformer en poussière ?

— Euh, en quelque sorte, balbutia Willow.

Alex s'avança, affichant une expression blasée.

— Eh oui, mon pote : les vampires existent, déclara-t-il comme s'il répétait la même histoire pour la millionième fois. Et beaucoup ont élu domicile à Sunnydale. Willow t'expliquera.

— Je sais que c'est difficile à accepter, dit la jeune fille, mais...

— En fait, ça explique des tas de choses, coupa Oz.

A cet instant, Mlle Calendar apparut sur le seuil du *Bronze*, titubant sous le poids de la caisse que Dalton aurait voulu charger dans le camion.

— Quelqu'un pourrait me donner un coup de main ?

Angel, Buffy et Giles avancèrent pour l'aider.

Ils posèrent la boîte rectangulaire sur une haute table blanche.

— Ces monstres l'ont abandonnée, expliqua Mlle Calendar.

Buffy inclina la tête, perplexe.

— Qu'est-ce que c'est ?

— Je n'en ai pas la moindre idée, avoua Giles. Tu arriverais à l'ouvrir ?

La jeune fille tâtonna autour du couvercle.

— Oui, on dirait qu'il y a un fermoir…

Elle appuya dessus et, aidée par le bibliothécaire, souleva le couvercle.

Dans la caisse reposait un bras musclé terminé par une sorte de gantelet.

Buffy se tourna vers les autres pour leur faire partager sa surprise.

Sans crier gare, le bras jaillit de la boîte, la saisit par le cou et serra très fort.

# CHAPITRE III

Le bras vivant étranglait Buffy, qui s'efforçait de desserrer sa prise.

Angel se précipita, luttant avec la chose macabre dont il parvint à ouvrir les doigts un à un, avant de la forcer à réintégrer sa caisse.

Puis Giles et lui refermèrent le couvercle pendant que Buffy toussait en reprenant sa respiration.

De nouveau, il y eut quelques secondes d'un silence stupéfait.

— C'était très clairement la réponse de la Bouche de l'Enfer à la question : « Que peut-on bien offrir à une Tueuse qui a déjà tout ? » lâcha Alex, plus effrayé que moqueur.

— Dieu du ciel, souffla Giles. Buffy, ça va ?

Angel prit la jeune fille par le bras pour l'entraîner loin de la caisse.

— Ce truc était drôlement balèze, haleta-t-elle.

— Que… qu'est-ce que c'était ? balbutia Willow.

— On aurait dit un bras, répondit Oz, imperturbable.

Angel posa un regard sinistre sur la caisse.

— C'est impossible, murmura-t-il. Elle n'aurait pas fait une chose pareille…

Alex lui jeta un regard assassin.

— C'est quoi, la version vampirique d'un croquemitaine ? aboya-t-il. Tu as l'intention d'éclairer notre lanterne, ou pas ?

Buffy sentit l'angoisse de son petit ami.

— Angel ? appela-t-elle doucement.

Le vampire ne pouvait détacher son regard de la boîte.

— C'est une légende bien plus vieille que moi, commença-t-il. Celle d'un démon invoqué pour purger la Terre du fléau de l'humanité. (Il avança vers Giles.) Pour séparer les Justes des corrompus et brûler… les premiers. On l'appelait le Juge.

Buffy enregistra le hoquet de surprise de son Observateur.

— Le Juge, souffla Giles. Alors, c'est ça ?

— Seulement un morceau, dit Angel.

Buffy leva la main pour attirer leur attention.

— Euh, je n'ai toujours pas compris…

Giles lui jeta un coup d'œil par-dessus son épaule.

— Personne ne pouvait tuer le Juge. (Il se tourna de nouveau vers Angel.) Exact ? (Puis, alors que le vampire acquiesçait :) On envoya une armée le combattre. Beaucoup de soldats périrent, mais les autres réussirent à le démembrer.

— Alors, ils éparpillèrent ses morceaux et les enterrèrent aux quatre coins de la Terre, acheva Angel.

— Si je comprends bien, quelqu'un s'efforce de les rassembler, avança Mlle Calendar.

— Drusilla, grogna Buffy. Les vampires que j'ai combattus étaient des hommes de main de Spike.

— Elle est assez folle pour ça, approuva Angel, soucieux.

*Et tu es bien placé pour le savoir : c'est toi qui l'as mise dans cet état*, songea Buffy. *A l'époque où tu étais Angélus et où tu t'étais juré de la corrompre.*

— Assez folle pour quoi ? demanda Willow d'une voix aiguë. Reconstituer le Juge ?

— Et provoquer l'Armageddon, termina Angel.

Il y eut un long silence.

— Quelqu'un veut du gâteau ? lança enfin Cordélia.

Aucun amateur ne se manifesta.

— Nous devons éloigner cette chose d'ici, déclara Giles, basculant en mode stratégie.

— Angel ? lança aussitôt Mlle Calendar.

Buffy cligna des yeux.

— Pardon ?

Le professeur d'informatique s'avança, s'interposant entre le vampire et la Tueuse. Levant le menton, elle déclara :

— Tu dois le faire. Tu es le seul qui puisse protéger cette chose.

— Et moi ? protesta Buffy.

Mlle Calendar haussa les épaules.

— Tu comptes rater les cours pendant plusieurs mois ?

— Plusieurs mois ? répéta Buffy.

— Elle a raison. Je dois emmener cette chose aussi loin que possible de Sunnydale, dit Angel.

— Je ne vois pas pourquoi ça prendrait aussi longtemps, fit Buffy.

— Je n'aurai qu'à prendre un cargo en partance pour l'Asie et continuer à pied vers le Népal, continua le vampire comme s'il ne l'avait pas entendue.

— Tu as entendu parler des nouvelles machines volantes ? lança Buffy. C'est extraordinaire les progrès qu'elles ont faits ces derniers siècles…

— Je ne peux pas prendre l'avion, dit Angel, une pointe d'impatience dans la voix. Il n'y a aucun moyen sûr de se protéger de la lumière du jour.

Puis son expression s'adoucit et il s'approcha de la jeune fille.

— Ça ne me plaît pas davantage qu'à toi, mais nous n'avons pas le choix.

Buffy dut reconnaître qu'il avait raison, même si ça lui faisait mal.

*Très* mal.

— Quand ? souffla-t-elle.

Angel hésita.

— Ce soir. Dès que possible.

Encore plus mal.

— Mais… c'est mon anniversaire, gémit Buffy.

Son petit ami baissa les yeux vers elle. Elle vit que ça ne lui plaisait pas davantage. Malheureusement, ça ne la réconforta pas du tout.

— Je vais te conduire au port, proposa Mlle Calendar.

Giles lança un regard attristé à Buffy.

Folle de rage, Drusilla dévisageait le rat de bibliothèque qui avait tout gâché.

— Tu l'as perdu. Tu as perdu mon cadeau, gronda-t-elle d'une voix dangereusement basse.

— Je sais, couina Dalton. Je suis désolé.

— Ce n'était pas une bonne idée, mon pote, intervint Spike sur sa chaise roulante. Tous ses projets risquent de tomber à l'eau sans cette boîte.

*Il a toujours raison*, songea Drusilla avec une pointe de fierté.

— La Tueuse, bredouilla Dalton. Elle est sortie de nulle part. Je… je ne l'avais pas vue approcher.

Le foudroyant du regard, Drusilla posa un doigt sur ses lèvres et lui intima :

— Chuuuut ! (Puis elle lui arracha ses lunettes qu'elle écrasa sous la pointe de son escarpin en satin écarlate.) Fais un vœu.

— Quoi ?

Drusilla ferma le poing, déplia son index et son majeur et les pointa vers les yeux de Dalton en lui saisissant la nuque de sa main libre.

— Je vais souffler les bougies…

Alors que l'érudit lâchait un glapissement étranglé, elle eut un large sourire. *Je vais peut-être m'amuser quand même, en fin de compte…*

— Tu devrais lui laisser une chance de retrouver ton trésor perdu, intervint Spike. C'est un abruti, mais c'est le seul type dont nous disposons qui a la moitié d'un cerveau. S'il échoue, tu pourras lui sucer les yeux à même les orbites, pour ce que j'en ai à faire.

— Je réussirai, dit précipitamment Dalton.

Drusilla le griffa, se délectant de sa terreur.

— Je vous en prie. Je le jure.

La vampire ne put s'empêcher de lui faire peur une dernière fois, dardant ses ongles effilés vers ses yeux comme si elle allait les crever. Au dernier moment, elle y renonça avec un sourire radieux.

Puis elle ramassa les lunettes brisées et les posa sur le nez de Dalton.

— D'accord, dit-elle avec indifférence, mais dépêche-toi.

Elle tapota le crâne chauve de l'érudit, puis alla s'asseoir sur les genoux de Spike.

Buffy et Angel eurent tôt fait d'atteindre le port. Une odeur d'huile planait dans l'air tandis que le cargo rangé le long du quai se préparait à partir.

Des vagues venaient se briser contre les pylônes sous les pieds des amoureux qui, main dans la main, se dirigeaient lentement vers le navire. Angel portait sur son épaule la boîte contenant le bras du Juge.

Brisée par le désespoir, Buffy appuya sa tête contre

la poitrine d'Angel. Quand le vampire lui effleura les cheveux de ses lèvres, elle crut qu'elle allait défaillir tant elle était malheureuse.

Puis ils atteignirent le bout du ponton. Angel posa la caisse et dit :

— Je crois que je devrais finir seul.

— D'accord, souffla Buffy à travers ses larmes.

— Je reviendrai, promit son petit ami.

— Quand ? Dans six mois ? Dans un an ? Nous ignorons combien de temps il te faudra, ou si nous serons encore…

La voix de la jeune fille se brisa.

— Si nous serons encore quoi ? insista Angel.

— Au cas où tu ne l'aurais pas remarqué, pas mal de monde passe son temps à essayer de nous tuer.

— Ne dis pas ça. Tout se passera bien.

— Nous n'en sommes pas sûrs.

— Evidemment. Personne ne peut lire dans l'avenir.

Ils se regardèrent. Deux êtres dont la vie avait été bouleversée par des circonstances indépendantes de leur volonté. Deux êtres forts et passionnés qui avaient désespérément besoin l'un de l'autre.

Angel plongea une main dans sa poche, en tira un petit écrin de velours et l'ouvrit.

— J'ai quelque chose à t'offrir. Pour ton anniversaire. Je voulais te la donner plus tôt, mais…

C'était une exquise bague d'argent qui semblait minuscule dans le creux de sa paume. Les lumières du port faisaient scintiller doucement deux mains tenant un cœur surmonté par une couronne. Buffy n'avait jamais rien vu d'aussi joli.

— Elle est magnifique, souffla-t-elle.

— Mon peuple…, commença Angel d'une voix rauque. Du temps où j'étais encore humain, les gens échangeaient ces anneaux en signe de dévouement. Les mains représentent l'amitié, la couronne la loyauté, et le cœur... Tu sais bien. (Il eut un sourire triste.) Quand on la porte le cœur pointé vers soi, ça signifie qu'on appartient à quelqu'un. Comme ça...

Il lui montra sa main. Il avait une bague identique à celle qu'il venait de lui offrir, et le cœur était pointé vers lui.

Angel appartenait à quelqu'un.

*A moi*, songea Buffy. Elle lui prit la main et embrassa le bijou avec toute la ferveur de son âme. *Oh, Angel, je t'aime...*

— Mets-la, dit le vampire.

Buffy s'exécuta. Il ne restait plus rien à ajouter, car le moment de la séparation était venu.

— Je ne veux pas que tu t'en ailles, dit la jeune fille d'une voix brisée.

— Moi non plus.

— Alors, reste.

Elle le suppliait, même si elle savait qu'il n'existait pas d'autre solution.

Angel l'embrassa, et elle lui rendit un long baiser doux-amer. Elle avait tellement besoin de lui, besoin qu'il reste près d'elle cette nuit-là et les suivantes...

Ils s'accrochèrent l'un à l'autre comme deux naufragés, luttant contre le temps et la marée de la destinée. Puis Angel chuchota :

— Buffy, je dois...

Alors deux vampires bondirent du pont du cargo. Le premier attaqua Buffy ; le second se jeta sur Angel.

Projetée sur le sol par son adversaire, la jeune fille roula sur elle-même et se releva, esquivant le coup de poing qu'il lui destinait. Pour la peine, elle lui en décocha trois dans l'estomac. Utilisant la rambarde du ponton comme support, elle ramena les genoux contre sa poitrine, détendit les jambes et lança ses talons dans le ventre du vampire.

Pendant ce temps, Angel se battait avec son adversaire, qu'il projeta contre une caisse. Dalton profita de la bagarre pour se laisser tomber du filet dans lequel il s'était dissimulé et prendre possession de son objectif.

— Angel ! hurla Buffy. La boîte !

Le vampire se lança à la poursuite de Dalton et le plaqua au sol.

Buffy croyait avoir vaincu son adversaire en lui entourant le cou avec une guirlande lumineuse fixée à la passerelle du cargo. Mais pendant qu'elle observait Angel, le mort-vivant se dégagea et la projeta contre une barrière de bois, puis profita de son élan pour la faire basculer dans les eaux glacées du port.

Angel dut prendre une décision : la boîte ou la Tueuse.

Il fit son choix. Le vampire qu'il avait à moitié assommé passa en trombe devant lui, ramassa la boîte que Dalton avait laissée tomber et s'enfuit en courant.

— Buffy ! cria Angel.

Puis il plongea.

Tout le monde était censé effectuer des recherches, mais personne n'avait le cœur à l'ouvrage.

Les poings recroquevillés dans les manches étirées de son sweat-shirt, Willow fixait une page sans la voir, tandis qu'Alex et Giles feuilletaient d'autres livres sans conviction.

L'humeur était à l'anxiété.

Voire à la folle inquiétude.

— Elles devraient déjà être rentrées, marmonna Giles.

— Buffy avait peut-être besoin d'un peu de temps

pour se reprendre, avança Willow. La pauvre… Et le jour de son anniversaire, en plus.

Alex hocha la tête.

— C'est dommage, je te l'accorde… Mais essayons de voir le bon côté des choses. (Il se leva.) Quel genre d'avenir aurait-elle eu avec lui ? Je l'aurais bien vue avec deux boulots : serveuse au *Denny's* le jour et Tueuse la nuit.

« Angel aurait passé son temps devant la télévision, avec une bouée autour de l'estomac à force de se goinfrer de sang. Et il aurait regretté l'époque où Buffy trouvait encore la chasse aux démons excitante.

Willow fronça les sourcils.

— Tu as beaucoup trop réfléchi à tout ça.

Echauffé par sa vision, Alex fit les cent pas en agitant l'index.

— Et encore, ce n'est que le début. Je ne t'ai jamais raconté le moment où je reviens en ville à bord de mon jet privé pour enlever Buffy et l'emmener manger les meilleurs travers de porc grillés du pays ?

La Tueuse entra dans la bibliothèque à cet instant.

— Alex, dit Willow sur un ton menaçant.

— Et elle en pleure de gratitude…, continua le jeune homme comme s'il n'avait rien entendu.

Giles aperçut sa protégée et se leva.

— Que s'est-il passé ?

— Les sbires de Drusilla nous ont tendu une embuscade, répondit Buffy. Ils ont récupéré la boîte.

*Pas de chance,* songea Willow.

Au soupir que poussa Giles, elle comprit qu'il partageait son point de vue.

— Où est Jenny ? demanda le bibliothécaire.

— Elle a emmené Angel pour qu'il puisse se changer. Moi, j'avais des vêtements propres dans mon casier.

— Et pourquoi aviez-vous besoin d'autres vêtements ? voulut savoir Alex, l'air perturbé.

— Parce qu'on était trempés, répondit simplement Buffy. Giles, que va-t-on faire ?

Le bibliothécaire enleva ses lunettes et entreprit de faire les cent pas.

— Plus j'étudie le Juge, plus il me déplaît. Son contact brûle littéralement l'humanité de ses cibles. Une créature maléfique peut y survivre, mais aucun humain n'y est jamais parvenu.

— Où est le problème ? railla Alex. On envoie Cordélia se battre contre lui et on commande des pizzas pour regarder le match.

Willow aurait bien voulu éclater de rire, mais la situation ne s'y prêtait guère. Ignorant la remarque de son ami, Buffy se dirigea vers Giles.

— Peut-on l'arrêter ? Même sans armée ?

Le bibliothécaire remit ses lunettes, se pencha en avant et pointa son index sur une page du livre qu'il était en train de feuilleter.

— « Aucune arme forgée ne peut en venir à bout. » Ce n'est pas très encourageant. Il faudrait trouver un moyen pour empêcher Spike et Drusilla d'assembler ses morceaux. Ensuite, il sera trop tard, je le crains...

— Commençons par chercher ses points faibles et l'endroit où ils doivent le cacher, suggéra Buffy.

Giles soupira.

— Ça risque de prendre du temps...

— Il vaudrait mieux lancer une ronde téléphonique, suggéra Willow. Alex, à toi l'honneur.

— Bonne chance, ajouta Buffy tandis que le jeune homme saisissait le combiné.

— Une ronde téléphonique ? répéta Giles sans comprendre.

— C'est quand chacun de nous appelle sa mère pour

la prévenir qu'il dort chez l'un des deux autres, expliqua Willow.

— Comme ça, on a le champ libre pour sauver le monde, acheva Buffy.

— Ou se bourrer la gueule, ajouta Willow avec un sourire malicieux. (Puis, alors que les autres la dévisageaient en haussant les sourcils :) Pourquoi Alex serait-il le seul à pouvoir faire des blagues stupides ?

— Maman ? Bonsoir, c'est moi. Je suis en train de réviser chez Willow. On va bosser très tard, et je risque de ne pas rentrer...

Il était deux heures du matin, et la solution ne semblait pas plus proche qu'à minuit ou à une heure.

— Je suis sûr d'avoir déjà lu ce truc, marmonna Alex, exaspéré.

Tortillant une mèche de cheveux autour de ses doigts, Willow leva les yeux de l'écran de son portable.

— Je n'arrive pas à croire qu'Oz se soit montré si cool à propos de tout ça.

— Pas de quoi être bouleversée, répliqua sèchement Alex.

— Tu es jaloux parce que j'avais un cavalier pour la soirée et que tu étais encore seul, le provoqua Willow.

— Ça, c'est sûr...

La jeune fille ne pouvait pas savoir à quel point elle avait tapé juste. En réalité, Alex était très heureux pour elle : avoir un petit ami lui ferait du bien. D'un autre côté, jusque-là, Willow et lui avaient été inséparables, toujours méprisés par les autres et marqués au fer rouge par la lettre N... comme naze. Se retrouver seul sur le banc des laissés-pour-compte n'enchantait guère Alex.

Quant à son histoire avec Cordélia... La jeune fille l'aurait sans doute abattu sur place si elle l'avait soupçonné de penser qu'ils sortaient ensemble. *On se déteste cordialement, mais chaque fois qu'on est ensemble, impossible de garder nos mains dans nos poches. On s'attire autant qu'on se repousse, et du diable si je sais pourquoi !*

*Willow tomberait raide si elle apprenait que j'ai passé la moitié de la journée à peloter Cordélia Chase dans des placards à balai ou des salles de classe vides, et l'autre moitié à penser au moment où je peloterais Cordélia Chase dans des placards à balai ou des salles de classe vides.*

*Dans sa voiture, aussi.*

Il fixa le livre ouvert devant lui pour ne pas que sa frustration se voie sur son visage.

Giles fit le tour du comptoir au moment où Angel descendait de la mezzanine.

— Du nouveau ? demanda le bibliothécaire.

Avant qu'Angel puisse répondre, il aperçut Buffy endormie dans son bureau, la tête posée entre ses bras croisés sur sa table de travail.

— On dirait qu'elle avait besoin de repos, chuchota-t-il.

Les deux hommes observèrent Buffy, l'un avec tendresse, l'autre avec amour. Puis ils s'éloignèrent.

— C'est vrai qu'elle ne dort pas bien ces derniers temps, dit Angel. Elle n'arrête pas de tourner et de se retourner...

Les autres le dévisagèrent.

— C'est elle qui me l'a dit, expliqua-t-il précipitamment. On en a parlé à cause de ses cauchemars.

Satisfaits, tous se remirent au travail.

*A cause de ses cauchemars...*

Vêtue d'une longue robe blanche, Buffy errait dans une pièce éclairée à la bougie. De la cire fondue dégoulinait sur les chandeliers ouvragés.

Elle connaissait cet endroit. C'était une usine abandonnée, le repaire de Spike et de Drusilla. *Quand ils vivaient encore…*

La jeune fille continua à avancer. Au loin, elle vit passer une vague silhouette féminine qui essayait peut-être de lui échapper, ou de l'attirer dans un piège. Elle la suivit…

… Et se retrouva accroupie au-dessus d'une caisse identique à celle qui contenait le bras. Levant la tête, elle vit qu'il y en avait plusieurs disposées en cercle.

— Tiens, tiens, dit une voix derrière elle.

*Drusilla. Elle est toujours vivante.*

Buffy fit volte-face.

— Rends-moi mes cadeaux, dit la vampire, boudeuse.

Debout sur la passerelle, en haut de l'escalier, elle baissa un regard triomphant vers Buffy. Son corps mince était drapé dans une robe blanche qui ressemblait beaucoup à celle de la jeune fille. Dans sa main, elle tenait un poignard sacrificiel… qu'elle appuyait sur la gorge d'Angel.

L'arme émit une lueur métallique à la lueur des chandelles presque consumées.

Angel regarda sa petite amie avec l'expression de quelqu'un qui sait qu'il va mourir.

— Non ! cria Buffy. Angel !

Elle était de nouveau éveillée, dans la bibliothèque, et Angel la serrait dans ses bras.

— Tout va bien, Buffy. Je suis là. Je suis là.

La jeune fille ferma les yeux. Mais derrière ses paupières closes, elle revoyait toujours l'horrible scène.

— Plus fort, la musique ! ordonna Drusilla en frappant dans ses mains.

Les yeux brillants de plaisir, vêtue d'une stupéfiante robe de satin écarlate, elle descendit l'escalier en se balançant au son d'une ballade démoniaque.

Elle adressa un sourire à un de ses invités et lui effleura l'épaule. Puis, notant avec satisfaction que Dalton s'affairait à servir le punch, elle saisit l'extrémité de ses longs foulards et les fit onduler en rythme. Jamais elle n'avait été aussi heureuse.

— Regarde ce que j'ai pour toi, poussin, roucoula Spike en s'approchant dans sa chaise roulante, une nouvelle boîte posée sur les genoux.

Drusilla s'immobilisa, les foulards formant comme des ailes de chauve-souris au bout de ses bras levés. Puis elle se précipita vers lui et s'empara de son trésor.

— Tu as gardé le meilleur pour la fin, le félicita-t-elle en remettant la boîte à deux de leurs serviteurs.

Prudemment, ceux-ci la portèrent jusqu'à l'endroit où les autres avaient été assemblées pour imiter une forme vaguement humaine : deux jambes, un torse et deux bras. Visiblement, la dernière contenait la tête.

Dès qu'ils l'eurent posée à sa place, une vive lumière s'échappa des interstices de toutes les boîtes.

Un crépitement d'énergie se mêla à la musique et Drusilla poussa un petit cri excité.

Tandis que la lumière pulsait, les couvercles se soulevèrent, révélant un démon massif à la peau bleue. Sa chair était caoutchouteuse et craquelée ; quatre cornes ornaient son crâne monstrueux.

Il ouvrit les paupières. Dessous, ses yeux entièrement noirs ressemblaient à des puits sans fond dénués d'âme.

C'était une machine à tuer, capable de faucher quiconque se dresserait en travers de son chemin.

— Il est parfait, mon chéri, murmura Drusilla. (Elle se dirigea vers son compagnon et lui prit la main.) Exactement le cadeau dont je rêvais.

# CHAPITRE IV

*Voilà donc le Juge...*

Il était impressionnant avec son allure de machine grossière évoquant un gigantesque monstre de Frankenstein. Ses quatre cornes faisaient penser à une sculpture postmoderne organique. Exsudant le mal et la mort, il paraissait fabuleusement charismatique aux yeux des vampires. Mais des humains ordinaires auraient sans doute mouillé leur culotte rien qu'en le regardant.

Spike était franchement soulagé que le Juge soit dans leur camp.

Avec des gestes puissants et malhabiles, la créature sortit de sa boîte.

*Bébé fait ses premiers pas*, songea Spike.

Le Juge venait d'être reconstitué après avoir passé des siècles enterré dans la boue, et il n'exprimait aucune émotion.

C'était une machine à tuer qui existait pour remplir une fonction, attendant qu'on lui donne des ordres.

*Ça tombe bien...*

Le Juge dévisagea Spike et Drusilla, puis leva la main en s'approchant d'eux comme s'il avait l'intention de les brûler.

*Oh oh ! Mieux vaut étouffer dans l'œuf toute tentative de rébellion...*

— Que se passe-t-il, mon pote ? demanda Spike en avançant sur sa chaise roulante.

— Vous puez l'humanité, grogna le Juge d'un air mécontent. Il y a de l'affection et de la jalousie entre vous.

Spike leva le menton.

— Ouais, et alors ? Dois-je te rappeler que c'est à nous que tu dois d'être ici ?

Pendant que le démon assimilait cette nouvelle, Drusilla s'en approcha d'une démarche lascive et battit coquettement des cils.

— Tu veux un amuse-gueule ? proposa-t-elle, espérant le tenter.

Le Juge balaya les invités du regard, et ses yeux se posèrent sur cette poule mouillée de Dalton. Il tendit un index accusateur.

— Celui-là est pourri de sentiments. En plus, il *lit*. Amenez-le-moi.

Deux vampires se saisirent de Dalton et le traînèrent jusqu'au démon bleu.

— Pourquoi as-tu besoin qu'on te l'amène ? demanda Spike, soupçonneux. Je croyais que tu pouvais… désintégrer les gens.

Le Juge dévisagea avidement Dalton.

— Je retrouverai bientôt la totalité de mes forces. Jusque-là, j'aurai besoin de toucher mes victimes.

Il s'approcha du petit érudit terrifié.

— Non, non, couina Dalton, pour la plus grande joie de Drusilla.

Le Juge tendit la main.

Contact.

Dalton trembla de plus en plus violemment. De la fumée s'éleva de lui ; sa chair crépita, puis il… implosa.

Ravie, Drusilla sautilla sur place comme la charmante enfant qu'elle était encore, selon l'avis de Spike.

— Fais-le encore ! s'exclama-t-elle en serrant la main de son compagnon. Encore !

Le Juge lâcha un soupir qui ressemblait à un rot de satisfaction. Lui aussi avait l'air plutôt heureux.

D'un pas déterminé, Buffy traversa la bibliothèque et saisit son sac de Tueuse.

— Que se passe-t-il ? demanda Giles depuis la mezzanine.

— Elle a encore fait un cauchemar, répondit Angel en suivant la jeune fille.

— Je crois que je sais où se cachent Spike et Drusilla, précisa Buffy.

— C'est très bien, la félicita Giles en descendant l'escalier pendant qu'Angel enfilait son cache-poussière. Mais vous allez avoir besoin d'un plan. Je sais que tu t'inquiètes, Buffy. Ce n'est pas pour ça qu'il faut foncer tête baissée.

— J'ai un plan, répliqua la jeune fille. Angel et moi, on part à l'usine en reconnaissance, pour voir à quel stade de l'assemblage ils en sont. Vous, vous vérifiez tous les endroits où les boîtes pourraient arriver en ville : les entrepôts routiers, l'aéroport, ce genre de trucs. Il faut les arrêter avant qu'ils n'aient reconstitué le Juge.

Giles eut l'air surpris et contrarié.

— En fait… c'est un très bon plan, admit-il à contrecœur.

Buffy ne se vexa pas de cette remarque. Elle était trop concentrée sur son objectif.

— Cette chose est dangereuse, et elle est réelle. Nous ne pouvons pas attendre qu'elle vienne à notre rencontre, Giles.

Elle mit son sac sur son épaule et sortit, flanquée d'Angel.

Angel et Buffy se déplaçaient en silence, coordonnant leurs mouvements sans échanger un mot : comme s'ils avaient passé des années à s'entraîner ensemble, ou comme s'ils se connaissaient au point de pouvoir prévoir toutes leurs réactions.

C'était presque aussi excitant que de se battre. A plusieurs reprises, Buffy se surprit à jeter des coups d'œil à son compagnon pour vérifier que leur synchronisation était aussi parfaite qu'elle lui semblait.

Ils montèrent sur la verrière qui servait de toit à l'ancienne usine et rampèrent le long de la passerelle du second étage. Dans la salle, les bougies touchaient à leur fin, ne diffusant plus qu'une maigre lumière qui leur permit de rester cachés dans les ombres.

A l'étage du dessous, la fête des monstres battait son plein. On aurait cru une scène extraite d'un vieux film d'horreur. Des vampires arborant leur visage démoniaque, buvant du punch et bavardant comme les humains ordinaires que Joyce invitait aux vernissages organisés par sa galerie.

— J'ai déjà vu ça, chuchota Buffy à Angel tandis que lui revenaient des images du cauchemar qu'elle avait fait dans la bibliothèque. La soirée…

Elle s'interrompit. Au-dessous d'eux, un énorme démon bleu venait d'entrer dans leur champ de vision. Il était flanqué de Drusilla et de Spike, assis sur une chaise roulante.

Buffy sentit son sang se glacer. Eprouvant une horrible fascination, elle les regarda traverser la pièce. *Ça doit être le Juge. Et Spike et Drusilla sont encore en vie tous les deux…*

*Pas du tout le cadeau que j'espérais pour mon anniversaire.*

Le démon balaya la foule du regard, comme s'il cherchait quelque chose.

— Quoi donc ? demanda Spike. Que se passe-t-il ?

Le Juge leva la tête vers les deux intrus et grogna.

Angel tira Buffy par le bras.

— Il faut filer d'ici !

Mais ils étaient cernés par les vampires. Il n'aurait servi à rien de se débattre, car leurs adversaires étaient beaucoup trop nombreux.

Ils les poussèrent dans l'escalier et les traînèrent devant le trio infernal.

— Tiens, tiens, s'exclama Spike d'un air jovial. Regardez qui voilà ! Des pique-assiette...

Buffy lui fit un sourire sarcastique. Mais au fond, elle avait très peur. Même si elle ne perdait pas espoir, ses chances de fêter l'anniversaire numéro dix-huit diminuaient de seconde en seconde.

— Je suis sûre que la poste a égaré nos invitations.

— Délicieux, murmura Drusilla en léchant ses longs doigts blancs. Justement, j'ai rêvé que vous veniez.

Elle grogna à l'attention de Buffy.

— Laisse-la tranquille ! cria Angel, luttant pour se dégager.

— Et tu crois que ça va marcher ? ricana Spike en buvant au goulot d'une bouteille brune. A ta place, je serais bien gentil et je dirais « s'il te plaît »...

Le Juge examina Buffy de la tête aux pieds.

— La fille, ordonna-t-il.

Retenant son souffle, Buffy tenta de garder son calme. *Je suis la Tueuse*, se souvint-elle. *Ce qui serait impossible pour une humaine ordinaire ne l'est pas pour moi.*

— Elle fait froid dans le dos, n'est-ce pas ? demanda Drusilla, les yeux remplis de haine malgré le sourire dont elle ne se départait pas. Si pleine de bonnes intentions...

— Prenez-moi à sa place, exigea Angel.
— Non ! protesta Buffy.
— Prenez-moi à sa place, répéta Angel tandis que les deux vampires qui le tenaient s'efforçaient de le pousser en arrière.

Sur sa chaise roulante, Spike leva un bras.

— Je crois que tu n'as pas très bien compris, mon pote, lâcha-t-il d'une voix cruelle. Il n'y a pas de « à la place », juste une première et un second.
— Et si tu passes le premier, souligna Drusilla, tu n'auras pas le plaisir de voir mourir la Tueuse...

Angel se débattit comme un beau diable. Sans succès. Furieux, il regarda le Juge tendre une main et se diriger lentement vers Buffy. Aussi effrayée qu'elle soit, la jeune fille ne perdait pas le contrôle de ses nerfs. Angel lui en fut reconnaissant.

*Si seulement je trouvais un moyen de l'arrêter...*

Il repéra alors une grappe de postes de télévision suspendue au plafond par une chaîne, comme une installation vidéo avant-gardiste de boîte de nuit. L'ensemble était maintenu en place par deux poulies.

*Si je pouvais me libérer une seconde...*

Le Juge atteignit Buffy.

Angel savait ce qu'il était capable de lui faire. Il ne l'avait jamais vu à l'œuvre, mais des créatures qui ne craignaient rien ni personne d'autre sur Terre ou en Enfer chuchotaient encore son nom avec terreur dans les ténèbres.

La Tueuse fit un bond en arrière et décocha un coup de pied dans la poitrine du Juge. Elle ne se soumettrait pas docilement. Pas plus qu'elle ne laisserait un autre mourir à sa place.

— Ne le touche pas ! cria Angel.

Mais il était trop tard. Une seconde, il crut que Buffy allait être réduite en cendres.

Puis cet instant passa, et il constata qu'elle était toujours en vie. Intacte.

Profitant de la confusion des vampires, qui s'attendaient eux aussi à voir mourir la jeune fille, Angel se dégagea. Sans laisser à ses adversaires le temps de réagir, il courut vers le mur où était fixée la chaîne qui soutenait l'installation vidéo.

Il la libéra ; faute de contrepoids, les postes de télévision vinrent s'écraser sur le sol comme une avalanche de boulets de granit. Crépitants et fumants, ils s'abattirent aux pieds du Juge avec une telle force qu'ils crevèrent la trappe aménagée dans le plancher de béton.

Le chaos se déchaîna dans l'usine.

Buffy saisit sa chance au vol : elle repoussa les vampires, rejoignit Angel en courant et lui lança :

— Par ici !

Sans hésiter, ils sautèrent dans l'ouverture tandis que Drusilla, livide, ordonnait à ses séides :

— Ramenez-les-moi !

Buffy et Angel atterrirent dans les égouts, et pataugèrent dans la boue jusqu'à ce qu'ils trouvent une porte de service. Très vite, ils se glissèrent de l'autre côté et la refermèrent derrière eux. La jeune fille retint son souffle.

Peu après, elle entendit deux des laquais de Spike faire clapoter les eaux usées sur leur passage. Ils les suivaient de près, mais la porte de service leur échappa, et ils continuèrent leur chemin dans le tunnel.

Dès que la menace se fut éloignée, Buffy et Angel sortirent de leur cachette. Non loin de là, une échelle remontait vers les rues de Sunnydale.

Tandis qu'elle soulevait la plaque d'égout qui fermait

le conduit, Buffy sentit une pluie fine mais pénétrante la tremper jusqu'à la moelle. Le temps qu'Angel sorte de l'ouverture à son tour, elle frissonnait.

— Viens ! cria son compagnon pour couvrir le bruit du tonnerre. Il faut nous mettre à l'abri.

Ils coururent jusqu'à son appartement. Buffy attendit pendant qu'Angel cherchait ses clés et ouvrait. Quand elle entra, la pâle lumière qui éclairait la pièce la frigorifia un peu plus.

Angel ôta son cache-poussière et se tourna vers elle pour lui masser les épaules.

— Tu trembles comme une feuille...

— F-froid, balbutia Buffy en claquant des dents.

— Je vais te chercher quelque chose.

Le vampire ouvrit sa commode et en sortit un sweat-shirt blanc, ainsi qu'un pantalon de survêtement.

— Enfile-les et glisse-toi sous les couvertures pour te réchauffer, suggéra-t-il.

Non sans une légère hésitation, Buffy se dirigea vers le lit proprement fait. Elle s'immobilisa une seconde avant de se laisser tomber sur le matelas en serrant contre elle les vêtements secs. Le couvre-lit et les taies d'oreillers étaient rouge sang. Les gouttes de pluie tambourinaient contre le mur. Au loin, le tonnerre grondait.

Angel lui faisait face. Quand elle leva les yeux vers lui, il réalisa qu'il était en train de la dévisager.

— Désolé, dit-il en se détournant.

Mais il était encore si près d'elle...

Mal à l'aise, Buffy déboutonna son gilet trempé. Alors qu'elle en retirait son bras gauche, elle fit la grimace en sentant une brûlure au niveau de son épaule.

— Que t'arrive-t-il ? demanda Angel.

— Oh, euh... Rien. J'ai dû me couper, expliqua Buffy en ôtant son pull-over.

— Laisse-moi... Je peux voir ?

— Si tu veux.

Par pudeur, la jeune fille mit son pull sur sa poitrine. Angel s'assit au bord du lit et elle pivota pour lui montrer son dos. Elle sentit ses doigts écarter la bretelle de son caraco, puis ses mains lui palper doucement les épaules.

— Ça s'est déjà refermé, dit-il d'une voix rauque. Tu n'as plus rien.

Aucun d'eux ne bougea.

Buffy trembla plus fort, mais cette fois, le froid n'y était pas pour grand-chose. Derrière elle, elle entendit Angel déglutir, et il lui sembla même percevoir les battements de son cœur... A moins que ça ne soit son propre sang qui lui martelait les tempes tandis qu'Angel l'enlaçait.

Se retournant, elle se laissa aller contre lui et inspira son parfum. Des larmes perlèrent à ses paupières. Elle était bouleversée par la proximité d'Angel, par l'idée qu'elle avait failli le perdre. Ce soir, elle avait bien cru ne jamais le revoir.

— Tu as manqué t'en aller...

Les doigts d'Angel caressèrent son bras. Elle sentit qu'il se raidissait et comprit qu'il luttait contre la force qui menaçait de les submerger tous les deux : un désir mêlé de frayeur.

— Et toi, tu as failli mourir...

Buffy pleura à chaudes larmes.

— Angel, je crois que... si je te perdais... (Elle tenta de se calmer.) Mais tu as raison : nous ne pouvons être sûrs de rien.

Du bout des lèvres, elle lui effleura la joue en s'abandonnant à ses larmes.

— Chut, dit tendrement Angel. Je...

Buffy rouvrit les yeux et attendit, reculant un peu pour le dévisager.

— Tu quoi ?

— Je t'aime.

Le regard de la jeune fille s'éclaira, même s'il était toujours brouillé par les larmes. Angel l'aimait. Voilà si longtemps qu'elle espérait l'entendre, et pourtant, ces mots la terrorisaient. Angel l'aimait, et maintenant qu'elle le savait, elle avait tellement plus à perdre !

— J'ai essayé de m'en empêcher, mais je ne peux pas, continua-t-il d'une voix brisée.

— Moi non plus, je ne peux pas, souffla Buffy, étranglée par l'émotion.

Ils s'embrassèrent, doucement d'abord, puis avec passion. Ils étaient en train de franchir une passerelle, de s'aventurer ensemble là où ils n'avaient encore jamais été.

Le cœur battant à tout rompre, Buffy réalisa que ce baiser était le prélude à quelque chose de bien plus grand, le sceau d'une promesse, le premier pas sur un chemin qu'elle rêvait de parcourir avec Angel depuis des mois.

Leur désir augmenta. Buffy avait soif d'Angel. Elle tremblait de tous ses membres tant elle le voulait.

Haletant, le vampire s'écarta.

— On ne devrait peut-être pas…, commença-t-il.

— Tais-toi. (Buffy lui caressa la joue.) Ne dis rien et embrasse-moi.

Leurs lèvres se rejoignirent de nouveau.

Angel allongea Buffy sur son lit. *Elle est si belle*, songea-t-il. *Si belle et si désirable. Ses cheveux, sa peau...* Il la respira à pleins poumons. Son odeur de vanille, la douceur satinée de son cou et de ses épaules. De ses mains qui le caressaient.

*Oh, Buffy, laisse-moi me perdre en toi.*
*Aime-moi.*

Pendant qu'ils se fondaient l'un en l'autre, Angel sentit son cœur se remplir de joie.

Plus tard, pour la première fois depuis près de deux siècles et demi, il rêva du paradis.

Le tonnerre rugissait.

Angel s'éveilla en sursaut, une douleur insoutenable lui lacérant le corps et l'âme.

Haletant, il tenta de lutter. C'était une souffrance très ancienne, et il en connaissait trop bien la signification. Il savait ce qui l'attendait, et il s'efforçait désespérément de l'empêcher. Ses doigts se crispèrent sur les draps tandis que Buffy continuait à dormir d'un sommeil paisible près de lui.

*Non, pas maintenant... Ce n'est pas possible... Buffy...*

Tout tombait en morceaux autour de lui. Pris de panique, il se raccrocha à une seule pensée : il devait mettre autant de distance que possible entre elle et lui.

*La protéger... Oh, mon amour... Buffy...*

Angel s'habilla à la hâte et sortit sous l'orage, dans les ténèbres. Il espérait encore réussir à arrêter le processus qu'il venait de déclencher sans le vouloir.

Mais tandis qu'il tombait à genoux, submergé par la douleur, il comprit qu'on lui arrachait son âme une nouvelle fois.

— Buffy ! cria-t-il.

Son nom fut le dernier mot de l'homme qui l'aimait.

# DEUXIÈME CHRONIQUE

## INNOCENCE (2)

# PROLOGUE

Sur sa chaise roulante, Spike arpentait le rez-de-chaussée de l'usine abandonnée.

Les invités rentrés chez eux, l'énorme bâtiment était de nouveau plongé dans le silence. Par leur irruption, la Tueuse et le Judas qui avait été son compagnon d'armes avaient gâché la petite soirée organisée en l'honneur de Drusilla… Surtout quand ils avaient réussi à s'enfuir.

A présent, seule restait la mélancolie qui s'empare des organisateurs d'une fête quand il ne leur reste plus qu'à vider les cendriers, à jeter les bouteilles vides et à ensevelir les cadavres des victimes dans des tombes sans nom.

Drusilla et lui étaient de nouveau livrés à eux-mêmes. Ah, non, pas tout à fait. Spike avait failli oublier le Juge…

Irrité, il poussa sa chaise en direction du démon bleu qui s'était agenouillé dos à la pièce, une bonne heure plus tôt, et n'avait pas remué un cil depuis.

Il n'était pas très content. Le Juge avait mangé ses chips et bu son alcool ; il aurait pu se rendre utile plutôt que d'imiter un presse-papiers géant !

— Ça ne va pas du tout, poussin, grommela-t-il à l'attention de Drusilla, qui ne semblait pas le moins du monde inquiète. Angel et la Tueuse nous ont échappé ;

ils savent où nous sommes, et ils sont au courant pour le Juge. Nous ne devrions pas rester ici.

Toujours vêtue de sa jolie robe rouge, sa bien-aimée lui prit la main.

— Ne t'en fais pas : ils n'oseront pas venir nous déranger. (Puis il fallut qu'elle gâche ce moment en ajoutant :) Mon Angel est bien trop intelligent pour affronter le Juge une nouvelle fois.

« Mon Angel » par-ci, « mon Angel » par-là… D'accord, c'était lui qui l'avait créée. Il était son sire, un peu comme son père.

Mais il avait mis les voiles depuis longtemps, laissant à Spike le soin de gérer les caprices et les sautes d'humeur de Drusilla, ainsi que de pourvoir à ses folles exigences… Une tâche dont il s'était acquitté avec une patience remarquable, trouvait-il.

Il ne comprenait pas pourquoi son chaton roulait de grands yeux éperdus chaque fois qu'elle prononçait son nom. Ou plutôt, les deux premières syllabes, comme si Angélus était devenu une rock star.

C'était si agaçant ! Jamais Spike ne se serait permis de montrer son affection pour une autre que Drusilla. D'accord, il n'avait d'yeux que pour elle.

*Mais je vois ce que je veux dire.*

— Qu'est-ce qu'il fiche, le Grand Bleu ? On dirait qu'il est paralysé, cracha Spike.

— Je me prépare, répondit le Juge d'une voix caverneuse.

— C'est ça, ouais…

Avec une moue dégoûtée, Spike lâcha la main de Drusilla, qui resta immobile tandis qu'il se propulsait vers le démon. Comme il ne pouvait pas décemment s'en prendre à elle — sa folie la protégeait contre toutes les représailles —, il avait décidé de s'attaquer à leur invité.

— C'est marrant, parce que vus de l'extérieur, tes préparatifs ressemblent beaucoup à une petite sieste. Quand allons-nous enfin détruire le monde ?

— Mes forces augmentent, l'informa le Juge. Et elles augmenteront davantage à chaque vie que je prendrai.

Spike supposa qu'il était temps de faire preuve d'initiative. Puisque personne d'autre dans cette fichue baraque n'en semblait capable !

— Alors dépêchons-nous d'y aller ! Je m'ennuie.

Derrière lui, Drusilla gémit et s'effondra sur le sol.

Alarmé, Spike tourna la tête vers elle.

— Poussin ?

Sa compagne se tordait sur le sol, sanglotant à fendre l'âme, comme si elle venait de perdre tout ce qu'elle aimait en ce monde.

Spike s'approcha d'elle.

— Angel…

*Encore lui !* pensa le vampire, exaspéré. Mais il devait oublier sa frustration jusqu'à ce qu'il découvre ce qui se passait. Les visions de sa compagne faisaient partie intégrante de leur stratégie de survie. Aussi justifiée que soit sa jalousie envers Angel, il était plus important de découvrir pourquoi Drusilla gémissait comme une vierge mourante dans un opéra italien.

Spike se pencha vers sa compagne.

— Chaton, tu vois quelque chose ?

Le regard de Drusilla se voila et se fit rêveur. Puis un sourire étira lentement les lèvres de la vampire, et elle éclata de rire.

Dehors, la pluie continuait à tomber. Enfonçant sa tête dans l'oreiller, Buffy voulut se blottir contre Angel.

Mais il n'était pas là.

Elle ouvrit les yeux, se rappela où elle était et s'assit lentement en plaquant le drap contre sa poitrine.

Un éclair déchira les cieux, illuminant la pièce.

— Angel ? appela Buffy d'une voix à peine plus forte qu'un murmure.

Personne ne lui répondit.

Une pluie fine et glaciale tombait. La foudre crépitait ; le tonnerre grondait dans les ténèbres, faisant écho à la bataille qui se livrait dans le crâne d'Angel.

Dans la ruelle qui longeait son immeuble, étendu sur le sol ruisselant, Angel luttait contre la douleur pour ne pas être déchiré de l'intérieur.

— Buffy, souffla-t-il, pantelant.

Ça avait commencé. Il le sentait et il ne pouvait rien faire pour l'empêcher.

— Oh, non, gémit-il, anéanti par sa propre impuissance.

Il était en train de tout perdre, comme s'il regardait quelqu'un le décapiter ou anéantir ses souvenirs un à un... Sauf que c'était bien pire. Malgré lui, il devenait tout ce qu'il haïssait. Et rien n'aurait su empêcher la tragédie que ça allait entraîner.

*Mieux vaudrait que je meure tout de suite*, songea-t-il. *Je vous en prie, laissez-moi mourir maintenant.*

*Buffy, mon amour, ma vie...*

S'il s'accrochait à son nom, peut-être réussirait-il à se sauver. A garder la tête hors de l'eau jusqu'à ce que le raz de marée se soit éloigné.

Mais il était trop tard. Dans les profondeurs de sa conscience, il sentit son âme se détacher de lui et remonter vers la surface. Privé d'elle, il fut emporté par les flots du mal, retrouvant sa place dans la communauté des damnés.

Vaincu, Angel baissa la tête.

De l'autre côté de la ruelle, une blonde en veste de cuir tirait sur une cigarette. Elle avait l'air fatigué des femmes qui boivent le whisky au goulot et passent leur temps à pester contre leur ex-mari.

Sortant de la porte cochère sous laquelle elle s'était réfugiée, elle s'approcha de l'homme qui gisait sur le sol avec un mélange d'inquiétude et de prudence.

— Vous allez bien ? lança-t-elle. Vous voulez que j'appelle le SAMU ?

Un silence. Puis l'inconnu se releva, lui tournant toujours le dos.

— Non, répondit-il d'une voix forte et décidée. La douleur est passée.

— Vous en êtes sûr ? demanda la femme d'un ton qui n'était pas dénué de gentillesse.

Sans crier gare, l'homme fit volte-face, révélant son visage de vampire, et lui plongea ses crocs dans le cou avant qu'elle ait le temps de réagir.

*Du sang humain tiède au goût de terreur. Mon préféré.*

Ravi, il leva son visage vers les cieux et exhala la fumée de la cigarette.

*Avec une pincée de nicotine et de goudron pour relever le tout.*

— Oui, j'en suis sûr : je vais très bien, confirma-t-il au cadavre de la femme.

# CHAPITRE PREMIER

Buffy s'était glissée discrètement chez elle une centaine de fois par des journées beaucoup plus belles et beaucoup plus ensoleillées. Elle avait failli se faire pincer si souvent du temps où elle habitait à Los Angeles. Ses exploits en la matière étaient du bois dont on fait les légendes.

Alors pourquoi fallait-il que sa mère la surprenne aujourd'hui ?

La jeune fille avait gravi un tiers de l'escalier quand Joyce Summers lui lança :

— Bonjour.

*Prise sur le fait.*

L'estomac noué, Buffy se retourna et dévala les marches avec l'air de quelqu'un qui n'a absolument rien à cacher. Ce n'était pas très logique, vu qu'elle dissimulait tout à sa mère depuis qu'elle avait remporté le gros lot au Bingo des Tueuses.

— Bonjour, répondit-elle, un peu essoufflée.

— Alors, tu t'es bien amusée hier soir ? demanda sa mère en sortant de la salle à manger.

Buffy écarquilla les yeux et fit mine de battre en retraite dans l'escalier. *Du calme. N'aie pas l'air encore plus bizarre que d'habitude.*

— Amusée ? répéta-t-elle pour gagner du temps.

Elle se composa l'expression innocente de l'agneau qui vient de naître. Ou du moins l'espérait-elle.

Sa mère continua à lui parler aimablement. Ça signifiait qu'elle n'avait pas remarqué sa gêne.

— Eh bien oui, chez Willow.

— Oh, euh…

Nerveuse, Buffy ramena une mèche de cheveux blonds derrière son oreille. Ses vêtements étaient secs, mais elle se sentait rompue de fatigue. Elle ouvrit tout grand ses « fenêtres de l'âme » et esquissa un sourire.

— Bien sûr. Tu connais Willow, c'est une machine à faire la fête !

— Tu as faim ?

L'éternelle question que posaient toutes les mères. Mais tout ce que Buffy voulait, pour le moment, c'était battre en retraite dans sa chambre.

— Pas vraiment. J'aimerais juste prendre une douche.

— Si tu te dépêches, je te déposerai au lycée, proposa Joyce.

— Merci, dit très vite Buffy.

Alors qu'elle croyait s'en être tirée, sa mère croisa les bras sur sa poitrine et inclina la tête pour la dévisager.

— Quelque chose ne va pas ?

*Les yeux écarquillés. L'air innocent. Elle ne sait rien. Elle ne peut pas deviner.*

*Enfin, j'espère.*

— Bien sûr que non, assura Buffy. Qu'est-ce qui pourrait clocher ?

— Je ne sais pas, mais tu as l'air…

*Innocent. J'ai l'air innocent.*

Joyce haussa les épaules, secoua la tête et se dirigea vers la cuisine.

Buffy se détourna et gravit l'escalier, seule une

déchirure, sur son pull, trahissant les événements de la nuit précédente.

Quand Alex entra dans la bibliothèque, Giles se tenait derrière le comptoir où Cordélia s'était assise, un gros livre ouvert sur les genoux.

— La gare routière est vraiment un endroit de rêve pour passer la nuit, grommela le jeune homme. Un témoignage vibrant de tout ce qui fait l'identité américaine.

— Pas de vampires transportant des caisses ? demanda Giles.

— Non, mais j'ai rencontré un ivrogne de deux tonnes qui a proposé de me faire un shampooing, révéla Alex.

Se détournant, il aperçut Mlle Calendar et Willow debout près de la cage où Giles enfermait ses ouvrages les plus précieux. *Voilà deux filles qui ne respirent pas la joie de vivre en ce moment. Avec Cordy, ça fait même trois.*

Une alarme se déclencha dans sa tête.

— Que se passe-t-il ? Où est Buffy ?

— Elle n'est pas revenue de la nuit, annonça Willow, l'air sombre.

Giles leva les yeux de son carnet de notes.

— Si la gare routière était aussi déserte que le port et l'aéroport…

Il semblait très las et très inquiet.

— Vous ne pensez quand même pas que ces affreux ont assemblé le Juge ? demanda Alex.

— Si.

Vaincu, Giles reboucha son stylo.

— Dans ce cas, Buffy risque de…

*N'y songe pas*, se morigéna le jeune homme.

— Nous devons la retrouver.

*Ne panique pas. Bon sang, comment pourrais-je ne pas paniquer ? C'est de Buffy qu'il s'agit. Où a-t-elle dit qu'elle allait avec Angel ? Elle a fait son cauchemar à propos de la soirée. Giles lui a reproché de ne pas avoir de plan, mais il se trompait, puis elle est partie...*

*A l'usine abandonnée !*

— Il faut aller à l'usine. C'est là que se cachent les affreux, pas vrai ? (Alex se tourna vers Willow et Mlle Calendar.) On y va.

Cordélia le dévisagea, l'air effaré.

— Pour faire quoi, à part crever de trouille puis crever tout court ?

— Personne ne te demande de nous accompagner, répliqua Alex. Si les vampires ont besoin de conseils de maquillage, on t'appellera.

La jeune fille baissa les yeux comme si elle avait honte.

*Tu parles !*

Giles prit la parole.

— Cordélia n'a pas tort. Si Buffy et Angel ont... disparu, je ne vois pas comment nous pourrions nous en sortir mieux qu'eux.

Mais Alex était trop remonté pour écouter la voix de la raison. Une seule idée tournait dans sa tête : sauver Buffy.

— Comme vous voudrez. Mais ceux d'entre nous qui ont des sentiments ne comptent pas rester les bras croisés.

— Alex ! s'exclama Mlle Calendar, outrée.

— Non, il a raison, intervint Willow. Vous êtes si... Je suis trop bouleversée pour trouver un adjectif vraiment méchant, mais c'est ce que vous êtes, et vous ne nous empêcherez pas d'aller à l'usine !

Elle se dirigea à grands pas vers la sortie.

— Bien parlé, approuva Alex en la suivant.

A cet instant, Buffy franchit les doubles portes de la bibliothèque.

— Buffy ! cria Willow, soulagée.

*Dieu merci.*

— Nous allions voler à ton secours, annonça Alex.

— Au moins, certains d'entre nous, corrigea Willow en jetant à Giles un regard accusateur.

— Je serais venu, protesta le bibliothécaire, sur la défensive.

Mlle Calendar se rapprocha des deux jeunes filles.

— Où est Angel ?

Les épaules de Buffy s'affaissèrent.

— Il n'est pas revenu ici ? demanda-t-elle à Giles.

— Non.

Cordélia se laissa glisser du comptoir.

— Que s'est-il passé ?

Giles prit une inspiration.

— Le Juge... Est-il... ?

— Plus besoin de notice de montage, confirma Buffy. Il est activé.

— Malédiction !

Giles ôta ses lunettes.

— Il a failli nous tuer, précisa Buffy. Angel a réussi à nous tirer de là.

— Pourquoi n'as-tu pas appelé ? demanda son Observateur comme l'aurait fait un père inquiet pour sa progéniture. Nous avons cru...

— Oh, euh, nous avons dû nous cacher, improvisa Buffy. Les vampires nous ont poursuivis dans les égouts, et il a fallu qu'on se sépare pour leur échapper. Et... personne n'a eu de nouvelles de lui depuis ?

Elle avait une voix de petite fille perdue. Aussi jaloux qu'il soit d'Angel, Alex ne put s'empêcher de compatir.

— Je suis sûre qu'il va bien, dit Willow.

— Oui, tu dois avoir raison.

Mais Buffy ne semblait guère convaincue.

— Le Juge, lui rappela Giles après quelques secondes d'hésitation, car il ne voulait pas passer pour un monstre. Nous devons l'arrêter.

— Je sais.

Buffy se reprit aussitôt. Ses devoirs de Tueuse passaient avant sa vie privée.

*Qu'est-ce qu'elle est forte !* songea Alex, admiratif.

— Que peux-tu nous raconter ? demanda Giles.

— Pas grand-chose, avoua Buffy. Je lui ai juste flanqué un coup de pied, et j'ai eu l'impression d'avoir un accès de fièvre.

*Je n'en ai pas parlé à Angel, et il a cru que je m'en étais tirée indemne. Mais c'est pour ça que je me sentais si mal quand nous sommes arrivés chez lui, pas à cause de la pluie.*

— S'il avait posé ses mains sur moi...

— D'ici peu, il n'en aura plus besoin, coupa Giles. Quand il aura recouvré ses forces, il pourra nous réduire en cendres d'un regard.

— Au fait, il est vraiment très laid, ajouta Buffy.

Le bibliothécaire lâcha un soupir de frustration.

— Je vais continuer mes recherches pour voir s'il n'a pas un point faible. Les autres, vous devriez aller en cours.

— Moi aussi, il faut que je file, déclara Mlle Calendar en se dirigeant vers la porte. Je vais me connecter à Internet et voir si je trouve quelque chose sur le Juge.

— Merci, dit Giles.

Alex s'arrêta sur le seuil.

— Après les cours, je passerai vous donner un coup de main.

Passant devant lui, Cordélia s'arrêta le temps de lui décocher une dernière flèche.

— Tu découvriras peut-être un truc utile… Si c'est dans un bouquin de lecture pour le cours préparatoire !

Alex fut pris au dépourvu. *Encore des insultes !* Puis il haussa les épaules et s'éloigna. Aussi incroyable que ça puisse paraître, le Juge risquait de faire beaucoup plus de dégâts que Cordélia.

Willow et Buffy s'engagèrent ensemble dans un couloir grouillant de lycéens.

— Tu ne crois pas qu'Angel aurait pu se lancer seul à la poursuite du Juge ? demanda Willow.

— Non, il n'est pas assez fou… Peut-être qu'il avait besoin de… Je ne sais pas.

*Je ne peux pas lui raconter que j'ai couché avec Angel. Je ne peux le dire à personne. Qu'est-ce qu'ils penseraient ? Qu'est-ce qu'il pense ? Où est-il ?*

— Je voudrais juste qu'il me contacte. Il faut que je lui parle.

Les deux jeunes filles montèrent l'escalier sans s'apercevoir que Mlle Calendar les épiait, perdue dans ses pensées, tout en pianotant machinalement sur sa tasse de thé.

A l'usine, allongée sur une table, Drusilla gémissait de plaisir. Elle avait un sourire aux lèvres et le regard rêveur.

— Si je comprends bien, tu te sens mieux ? demanda Spike avec une certaine brusquerie.

Sa compagne porta une main languissante à son front.

— Je suis en train de baptiser toutes les étoiles, soupira-t-elle, ravie.

— Tu ne peux pas voir les étoiles, poussin, répliqua

patiemment Spike. Tu as un plafond au-dessus de la tête, et il fait jour.

Drusilla sourit de nouveau. Elle le connaissait bien. Ce qu'il pouvait être terre à terre par moments ! Typique des Capricorne.

— Je t'assure que je les vois. Mais je leur ai donné le même nom à toutes, et ça a provoqué une terrible confusion. (Roulant sur le côté, elle adopta une posture langoureuse.) Je crains qu'elles ne se battent entre elles.

Spike se pencha vers sa compagne. Elle détailla ses adorables cicatrices et eut envie de les caresser puis de les baptiser aussi.

— Puisque tu t'es remise, as-tu eu une autre vision ? Sais-tu ce qu'il est advenu d'Angel ?

— Il est parti à New York... toujours son rêve de danser à Broadway, dit une voix familière derrière eux.

Angel entra dans l'usine.

Ravie et comme hypnotisée, Drusilla tourna la tête vers lui.

— Bien sûr, il n'est pas le seul. Mais un jour, pendant qu'il sera dans le corps de ballet, le soliste se foulera une cheville et il saisira sa chance au vol.

*Malédiction*, songea Drusilla, transportée de joie. *Il est là, mon ange. Mon doux sire qui m'a laissée transformer Spike pour que j'aie un compagnon de jeu. Et qui est devenu jaloux avant de retourner sa veste.*

*Quand nous chassions ensemble, ils ressemblaient à deux grands cerfs qui se menaçaient de leurs andouillers. Ils étaient si macho, et j'adorais tellement ça !*

*Puis Angélus s'est laissé attirer par le Côté Lumineux de la Force. Il a commencé à faire des bonnes actions. Malgré leur rivalité, Spike en a été plus perturbé que moi. Angélus était son modèle et son idole. Il a souvent essayé d'imiter sa barbarie, mais il ne s'est jamais hissé à son niveau.*

Personne n'aurait pu en remontrer à Angélus en matière de barbarie. C'était sa passion.

*Enfin, une de ses passions...*

— Tu n'abandonnes jamais, pas vrai, laissa froidement tomber Spike.

*Il est si craquant quand il prend cet air menaçant...*

— Tant qu'il y aura de l'injustice en ce monde, déclama Angel, tant que des vermines comme toi arpenteront les rues, je serai là. Jette un coup d'œil par-dessus ton épaule. Je serai toujours là.

— Vraiment ? Et si tu regardais par-dessus *ton* épaule ? ricana Spike.

Le Juge posa une main sur la poitrine d'Angel.

Excitée, Drusilla se mit à quatre pattes comme une lionne.

— Ça fait mal, pas vrai ? continua Spike.

— Ça grattouille un peu, admit Angel, désinvolte.

Rien ne se produisit. Drusilla attendait toujours l'immolation, se souvenant d'une foule en liesse un soir de feu d'artifice. Elle éprouvait la même impatience guillerette.

Spike, lui, paraissait en colère.

— Qu'est-ce que tu attends ? Brûle-le ! ordonna-t-il au Juge.

Angel ricana. Visiblement, il s'amusait beaucoup.

— Peut-être qu'il est cassé, suggéra-t-il, moqueur.

— Que se passe-t-il ? enragea Spike.

Alors, Drusilla comprit.

— Je ne peux pas le brûler. Il est pur, déclara le Juge, vaguement déçu.

— Pur ? Tu veux dire que... que... ? balbutia Spike, n'en croyant pas ses oreilles.

— Il ne reste pas la moindre trace d'humanité en lui, dit le démon bleu.

Tout intérêt pour Angel évanoui, il se détourna.

— Je n'aurais pas dit mieux moi-même...

— Angel, souffla Drusilla, folle de joie délirante.

Son sire lui adressa un sourire carnassier et un regard merveilleusement sinistre. Toutes les années passées loin de lui disparurent comme par enchantement, leur lien enfin rétabli.

— Oui, bébé. Je suis de retour.

# CHAPITRE II

Angélus — car tel était son nom, après tout, et son identité retrouvée — se délectait de l'air abasourdi de Spike et de Drusilla.

*Ils en perdent la parole. Ils ne savent plus quoi penser.*

— C'est bien vrai ? demanda Spike, excité comme un gamin qui vient de voir le Père Noël... allongé dans le caniveau avec deux trous dans le cou.

— C'est bien vrai, confirma Angélus.

Drusilla s'accroupit, les yeux brillants et les crocs scintillants. Chacun de ses gestes était une invitation.

*J'arrive, bébé,* pensa Angélus avec une grimace libidineuse. *Bientôt...*

— Tu es rentré à la maison, roucoula Drusilla.

— C'est fini cette histoire d'âme à la noix ? insista Spike, qui n'arrivait toujours pas à y croire.

Comme si les habits neufs de l'empereur allaient disparaître sous ses yeux.

*Je suis certain que Drusilla adorerait ça, pas vrai, bébé ?*

— Bah, dit Angélus en sortant une allumette, qu'il frotta le long de la table. Je traversais une mauvaise passe...

Il alluma une cigarette.

— Génial, se réjouit Spike. C'est génial !

Drusilla se releva et avança en écartant les bras comme une danseuse de corde.

— Les voix chantent sous mon crâne, dit-elle rêveusement.

Elle se précipita vers Angélus et lui tendit la main pour qu'il l'aide à descendre de la table.

— La famille est réunie. Nous allons de nouveau chasser ensemble.

Ils firent claquer leurs mâchoires d'un même mouvement.

— Et nous jouerons...

Drusilla se pencha vers Spike et lui lança un baiser. *Je suis toujours à toi, mon amour,* songea-t-elle. *Enfin, en grande partie.*

Le vampire blond gloussa.

— Je dois t'avouer que ça me rendait malade de te voir agir comme un toutou avec la Tueuse.

Une colère soudaine s'empara d'Angélus, qui grogna et se jeta sur Spike pour le saisir par le col. Un instant, il voulut tuer son ami. Puis il reprit le contrôle de ses nerfs et se contenta de lui poser un baiser sur le front.

Spike éclata d'un rire mal assuré.

De son côté, Drusilla était tout miel tout sucre et semblait beaucoup s'amuser.

— Comment est-ce arrivé ? demanda-t-elle, les yeux brillants.

Elle se sentait si heureuse d'avoir retrouvé Angélus !

*Et je serai heureux de te retrouver dans certaine posture,* songea Angélus.

— Tu ne me croirais pas si je te le disais.

*J'ai couché avec l'ennemi, voilà tout.*

— Qui s'en soucie ? croassa Spike. L'essentiel, c'est qu'il soit là. Maintenant, nous sommes quatre contre une. C'est le genre de situation que j'adore.

— Pssst... (Drusilla se pencha vers Angélus et lui

murmura sur un ton de confidence joyeuse :) Nous allons détruire le monde. Tu veux nous accompagner ?

Spike posa une main possessive sur le ventre de sa bien-aimée. Cela lui plaisant, et elle posa sa main sur celle du vampire blond. Angélus le remarqua ; il préparait déjà ses prochains mouvements sur l'échiquier. *On ne devient pas le Fléau de l'Europe si on est incapable de manipuler ses propres pions.*

— Détruire le monde, ouais… (Il examina sa cigarette avant de reporter son attention sur le visage radieux de ses interlocuteurs.) Je m'intéresse plutôt à la Tueuse.

— Elle fait partie du monde. Nous la détruirons en même temps que les autres, répliqua Spike avec un soupçon d'hostilité dans la voix pour rendre les choses plus palpitantes.

— Laissez-moi encore une nuit.

— Que veux-tu dire ?

— Ne faites rien ce soir. (Angélus jeta sa cigarette.) J'ai besoin d'un peu de temps pour m'occuper d'elle. Quand j'en aurai fini, je vous jure qu'elle ne sera plus une menace.

Il sourit à la pensée des tortures qu'il infligerait à Buffy Summers.

Spike eut l'air ravi.

*Jusqu'ici, il n'osait pas croire que j'étais redevenu moi-même,* devina Angélus.

— Tu as vraiment envie de faire mal à cette fille, pas vrai ? susurra le vampire blond.

— A cause d'elle, je me suis senti humain. Ce n'est pas le genre de chose qu'on peut oublier facilement.

Drusilla éclata d'un rire enchanté.

Dans la bibliothèque du lycée de Sunnydale, Willow

était au téléphone avec Buffy, qu'elle essayait de rassurer.

— D'accord. Non, il n'est pas passé... Mais je suis certaine qu'il va bien. Il doit avoir un plan. Sans doute essaye-t-il de te protéger... Comment veux-tu que je le sache ? Ce n'est pas *mon* plan ! Non, ne dis pas ça ! Angel ne peut pas être mort.

*Ça ne coûte rien d'espérer*, songea Alex. *Hum. Je ne devrais pas penser ça. Surtout que Buffy aurait le cœur brisé si quelqu'un faisait du mal au foutu mort-vivant.*

Il leva les yeux du livre qu'il était en train de parcourir.

— Fais-lui coucou de ma part.

Willow fronça les sourcils.

— Oui, on reste là, promit-elle à Buffy. Bien sûr. A tout à l'heure.

Elle raccrocha et jeta un regard incrédule à son ami d'enfance.

— « Fais-lui coucou de ma part » ? répéta-t-elle, incrédule.

Alex décida de ne pas relever. En théorie, sa jalousie envers Angel était du passé, maintenant qu'il sortait avec une autre fille...

— Quoi de neuf ? demanda-t-il.

— Elle a vérifié tous les endroits auxquels elle a pu penser. Elle a même tabassé Willy la Fouine deux ou trois fois, mais sans résultat. Angel a disparu.

— Ça lui arrive assez souvent, non ? lança Giles depuis son bureau.

— Oui, mais cette fois, Buffy perd complètement les pédales. (Willow se retourna vers Alex.) Je suppose que c'est à cause de ses cauchemars. Et s'il lui était vraiment arrivé quelque chose ?

Le jeune homme continua à fixer son livre tandis que Giles demandait :

— Va-t-elle nous rejoindre ici ?
— Oui, mais elle veut d'abord passer chez elle.

Perturbée, Willow recommença à feuilleter l'énorme volume posé devant elle.

— *Nada*, grommela Alex en refermant le sien.

Il se leva pour aller en chercher un autre.

*Tiens, princesse Cordélia,* se dit-il en apercevant la jeune fille entre deux rangées d'étagères.

— Tu as trouvé quelque chose ? demanda-t-il sur le ton le plus neutre possible.

— Ce bouquin mentionne le Juge, mais il répète ce que nous savons déjà, soupira Cordélia. Qu'il est gros, qu'il est moche, qu'aucune arme forgée ne peut l'arrêter, qu'il a fallu une armée pour en venir à bout, bla bla bla.

— Il doit bien avoir un point faible, dit Alex.

— Ce n'est pas ici que nous le découvrirons.

La jeune fille referma le livre qu'elle consultait et le remit à sa place.

Puis elle se passa une main dans les cheveux, sans mesurer à quel point ce geste était sexy.

Alex s'approcha, et elle se tourna vers lui.

— Désolé de t'avoir enguirlandé, s'excusa-t-il.

Cordélia fit la moue.

— C'était une expérience nouvelle, reconnut-elle.

— Je n'étais pas dans mon état normal. Je n'ai pas réfléchi.

*Et là, je me montre honnête, le genre de chose que tu prétends apprécier. En tout cas, toi, tu ne t'en prives jamais.*

— Je sais. Tu étais trop occupé à te précipiter au secours de ta bien-aimée Buffy. Tu ne te ferais pas tuer pour moi.

Alex crut entendre un point d'interrogation à la fin de cette phrase.

— Je pourrais me faire tuer *par* toi, tenta-t-il de plaisanter. (Un silence.) J'ai marqué un point, là ?

Sa compagne cligna des paupières.

— Non.

*Elle est dure avec moi...*

— Allez... On ne pourrait pas s'embrasser et se réconcilier ? implora Alex.

Cordélia ferma les yeux.

— Je ne veux pas me réconcilier avec toi, dit-elle. (Puis elle lui saisit le bras.) Mais pour le reste, je veux bien.

Et elle remua le nez, l'air taquin.

Les deux jeunes gens se sourirent, laissant tomber le masque du mépris et des railleries. Cordélia posa une main sur la joue d'Alex tandis que leurs lèvres se rejoignaient, et lâcha un adorable petit gloussement.

*Ach, du lieber. Nous haben der smoochies,* pensa Alex.

Quand elle s'abandonnait entre ses bras, Cordélia était toujours si douce. Bref, très différente de la fille qu'il haïssait depuis la maternelle. Un bras passé autour de ses épaules, la main reposant sur sa nuque, elle n'avait jamais assez de ses baisers.

Les deux jeunes gens se séparèrent enfin avec un sourire béat...

Puis Alex réalisa qu'ils n'étaient pas seuls.

Au bout de l'allée, Willow les observait, et on aurait dit qu'elle venait de recevoir un coup de pied dans le ventre.

— Willow, balbutia Alex, confus. Nous étions juste en train de...

Il se lança à sa poursuite, tandis que Cordélia restait en arrière, effondrée.

*Oh, non. Tout le monde va savoir, maintenant...*

Alex courait derrière sa meilleure amie, la première fille qui l'avait vu pleurer — la seule, en fait, quand il avait perdu son G. I. Joe —, la fille qu'il avait failli noyer pendant qu'ils jouaient à attraper des pommes avec la bouche dans une bassine remplie d'eau, pour Halloween.

— Willow, arrête !

La jeune fille s'immobilisa près de la vitrine aux trophées, dans le grand couloir, et fit volte-face.

— Je le savais ! Je le savais ! (Elle lui agita son index sous le nez.) Pas dans le sens où j'avais la plus petite idée de ce qui se passait, mais je sentais que tu me cachais quelque chose. Cordélia et toi, vous vous disputiez beaucoup trop. Ce n'était pas naturel.

Alex écarta les bras en signe d'impuissance.

— Je sais que ça paraît bizarre…

— Bizarre ? C'est contre toutes les lois de Dieu et de la nature ! C'est Cordélia ! (Willow était si énervée qu'elle en postillonnait.) Tu te souviens du club anti-Cordélia Chase dont tu étais le trésorier ?

— Je voulais te le dire, mais…

— Ça alors, qu'est-ce qui a bien pu t'en empêcher ? La honte, peut-être ?

Alex baissa la voix.

*Elle est en train de s'énerver, et je ne veux pas qu'on nous entende dans la bibliothèque.*

— D'accord, tu n'as qu'à en faire des tonnes si ça te chante.

Willow tapa du pied, furieuse.

— Je…

— On était en train de s'embrasser, coupa Alex. Ça ne veut pas dire grand-chose.

*Et c'est vrai, aussi étrange que ça puisse paraître.*

Les épaules de Willow s'affaissèrent.

— Non, chuchota-t-elle, l'air misérable. Ça veut

juste dire que tu préfères sortir avec quelqu'un que tu détestes plutôt qu'avec moi.

Sa voix se brisa sur le dernier mot.

Le cœur d'Alex aussi.

Willow se détourna et s'enfuit.

Un instant, il songea à la rattraper pour la raisonner. *Mais qu'est-ce que je pourrais bien lui raconter ? Elle a raison...*

Buffy monta les marches du perron et s'immobilisa pour regarder les trois panneaux de verre de la porte d'entrée. Son cœur battait à tout rompre. La terreur et le doute lui faisaient tourner la tête.

Elle ne pouvait pas rentrer chez elle ni se mettre en sécurité tant qu'elle ignorait ce qui était arrivé à Angel.

Résolument, elle se détourna et s'en fut dans les ténèbres.

Peu de temps après, elle se glissa dans l'appartement de son petit ami. Comme d'habitude, l'endroit était baigné par une lumière très pâle, qui conférait une patine antique à tous les objets de la pièce : la statue dans la vitrine, la chaise qui lui rappelait les vieux films sur New York...

Puis son regard se posa sur les oreillers rouges, sur le couvre-lit. Sur les vêtements qu'il lui avait donnés pour remplacer les siens, et qu'elle avait pliés soigneusement avant de les poser sur le lit.

*Son lit.*

*Le lit où il...*

*Le lit où nous...*

Un bruit la fit sursauter. En se retournant, elle vit Angel qui émergeait de derrière un paravent, vêtu d'un pantalon de cuir noir, le torse nu.

Il était en train d'attacher sa chaîne.

— Angel !

Folle de joie, Buffy se précipita vers lui et l'entoura de ses bras. La tête lui tournait tant elle était soulagée de le revoir.

— Salut, dit-il sèchement.

— Oh, Angel, je m'inquiétais tant !

Elle le serra très fort, comme si elle ne voulait plus le laisser partir. *Il est vivant ! Il va bien !*

— Je ne voulais pas te faire peur, dit Angel avec un petit sourire.

— Où étais-tu ? demanda Buffy, des larmes de frayeur rétrospective coulant sur son visage.

— Oh, dans le coin, répondit le vampire avec un geste évasif.

— J'étais morte d'inquiétude, insista Buffy. Tu as disparu sans prévenir.

Elle s'inquiétait de devenir aussi possessive, mais... *J'ai le droit, maintenant que nous sommes, euh, ensemble.*

— Et alors ? Je suis libre de me balader, non ? répliqua Angel avec une pointe d'agressivité.

Buffy écarquilla les yeux.

— Mais tu aurais pu me dire quelque chose, que je ne me fasse pas de souci.

Son petit ami enfila une chemise de soie grise.

— Comme si j'avais voulu traîner dans les parages après *ça*, dit-il.

Buffy cligna des paupières, aussi stupéfaite que s'il venait de la frapper.

— Qu-quoi ? balbutia-t-elle.

— Tu as encore beaucoup à apprendre sur les hommes, petite, comme tu l'as prouvé hier soir.

Angel esquissa une petite moue, l'air de dire « j'en suis gêné pour toi ».

Buffy se sentit perdre pied. Le cœur serré, elle se

répétait : *Ce n'est pas possible. Il ne peut pas avoir dit ce que je crois qu'il vient de dire.*

— Qu'est-ce que ça signifie ? demanda-t-elle en déglutissant.

Angel haussa les épaules.

— On ne va pas en faire un plat, d'accord ? En fait, mieux vaut ne pas en parler du tout : ça n'en vaut pas la peine.

— Je ne comprends pas.

Buffy arrivait tout juste à murmurer tant elle avait la gorge serrée. Elle était venue à lui pleine de confiance et d'amour. Mais la façon dont il se comportait était si...

— C'est ma faute ? demanda-t-elle d'une toute petite voix. J'étais... mauvaise ?

Angel éclata d'un rire bruyant.

— Non, tu étais super. Vraiment. J'ai failli te prendre pour une pro.

Buffy serra les dents pour ne pas fondre en larmes. Son estomac était noué et elle tremblait de tous ses membres.

— Comment peux-tu me dire une chose pareille ?

— Ne le prends pas mal. (Angel leva les yeux au ciel.) Nous avons passé un bon moment, mais ce n'était pas si important que ça.

— Bien sûr que si ! protesta Buffy. C'était... c'était...

— Quoi ? Tu ne vas pas me dire que tu as entendu les cloches sonner ou les petits oiseaux chanter, j'espère ? Et pitié, ne me fais pas le coup du feu d'artifice. (Angel ricana.) Allons, Buffy. (Il se pencha pour lui soulever le menton.) Ce n'est pas comme si ça ne m'était jamais arrivé, tu sais...

La jeune fille recula.

— Ne me touche pas, chuchota-t-elle.

— J'aurais dû me douter que tu ne serais pas à la hauteur !

— Angel !

Elle le dévisagea, son cœur cherchant à l'atteindre une dernière fois, refusant de croire que c'était son petit ami qui se comportait de la sorte.

Avec une telle cruauté…

— Je t'aime.

— Ouais, moi aussi.

Angel se dirigea vers la porte et l'ouvrit en tournant le dos à Buffy.

— Je t'appellerai.

Puis il sortit sans jeter un coup d'œil par-dessus son épaule.

Tremblante de chagrin et de douleur, la jeune fille le suivit du regard.

Dans cette pièce froide et sombre, le monde venait de mourir pour elle.

Dans la petite chambre meublée que louait son oncle, Jenny s'agita sur son fauteuil beaucoup trop rembourré. Elle était venue chercher des réponses, mais jusque-là, c'était Enyos qui l'avait bombardée de questions.

— Sais-tu ce qu'est la vengeance ?

— Mon oncle, je t'ai servi fidèlement. J'ai besoin de savoir, exigea la jeune femme.

— Pour l'homme moderne, la vengeance n'est qu'une idée obsolète, un simple mot, reprit Enyos comme s'il ne l'avait pas entendue. Œil pour œil, dent pour dent. Une chose en échange d'une autre… C'est devenu du commerce. (Il leva un index.) Mais pas chez nous. La vengeance est une entité vivante qui se transmet de génération en génération. Elle ordonne et elle tue.

*Je dois le raisonner,* pensa Jenny, désespérée. *Nous avons besoin de son aide.*

— Tu m'as demandé de surveiller Angel, et de le tenir à l'écart de la Tueuse. J'ai essayé, mais d'autres choses sont en jeu ici. Des choses terribles qui échappent à notre contrôle.

— Nous ne contrôlons rien, Janna, lui rappela Enyos. Nous ne sommes pas des magiciens. Nous nous contentons de jouer notre rôle.

Elle leva les yeux vers lui, implorant le ciel pour qu'il se montre raisonnable et consente à l'écouter.

— Angel pourrait nous aider. Il est peut-être notre seule chance d'arrêter le Juge.

— Il est trop tard pour ça, dit tristement Enyos en se laissant tomber sur son lit.

Jenny se figea.

— Pourquoi ?

— A cause de la malédiction. Nos ancêtres voulaient qu'Angel souffre pour expier ses crimes, pas qu'il vive comme un être humain. Un seul moment de vrai bonheur, de satisfaction intense... Un seul moment où l'âme que nous lui avons rendue ne le torture pas, et elle lui sera de nouveau arrachée.

— Si ça s'est produit d'une façon ou d'une autre...

Jenny baissa les yeux.

*S'il a trouvé le bonheur avec Buffy...*

— Alors, Angélus est de retour.

— J'espérais l'en empêcher. Mais je comprends maintenant qu'il devait en être ainsi, dit Enyos, résigné.

— Buffy est amoureuse de lui, insista Jenny.

— Elle va quand même devoir le tuer.

La jeune femme bondit sur ses pieds.

— A moins qu'il ne la tue le premier ! Mon oncle, c'est de la folie !

Très agitée, elle faisait de grands gestes, incapable de croire qu'il puisse rester assis là sans rien faire, ni même se révolter.

— Des gens vont mourir, insista-t-elle.

— C'est vrai. Nous ne servons pas la justice, mais la vengeance, dit calmement Enyos.

Alors, Jenny comprit qu'elle n'arriverait pas à le détourner de la voie qu'il avait choisie. Du chemin que ses ancêtres avaient choisi pour lui des générations auparavant.

— Tu es un idiot. Nous sommes tous des idiots !

Puis Jenny saisit son sac et sortit.

Le vieil homme n'esquissa pas un geste pour la retenir.

Alex sortit des toilettes alors que Willow remontait lentement le couloir en direction de la bibliothèque.

— Will ! appela-t-il.

La jeune fille enroula frileusement les bras autour de sa poitrine avant de se retourner.

— Salut, lâcha-t-elle.

Alex inclina la tête, acceptant la distance qu'elle voulait mettre entre eux.

— Où étais-tu passée ?

— Chez moi.

— Je suis content que tu sois revenue. On ne réussira pas sans toi.

Willow resta de marbre.

— Mettons les choses au point. (Elle semblait déterminée ; Alex voyait bien qu'elle était toujours blessée et en colère contre lui.) Je ne comprends pas et je ne veux pas comprendre. Tu as des problèmes émotionnels, et ça ne va pas du tout entre nous.

Il accepta cela aussi, même si ça ne lui plaisait pas.

— Mais ce qui est en train de se passer est bien plus important que nos petits problèmes.

— D'accord.

*Oh, Will,* eut envie de dire Alex. *Je suis désolé. Je ne*

*voulais pas que ça arrive. Je n'ai jamais rien fait pour que ça se passe.*

Mais la jeune fille pensait déjà à autre chose, et sa chance de s'excuser s'enfuyait à tire-d'aile.

*On en reparlera plus tard,* se promit-il.

— Où en est-on avec le Juge ? demanda Willow.

— Toujours coincés avec des tonnes de vieux bouquins qui racontent exactement la même chose, avoua Alex.

— Laisse-moi deviner : « Aucune arme forgée... »

— « Il fallut toute une armée... »

— Oui, et où sont les armées quand on a besoin d'elles ? lança Willow.

Alex cligna des yeux. *Une armée ?*

— Quoi ? s'enquit Willow, interloquée par sa réaction.

— Ouah. Ouah. Je crois que j'ai une idée ! Oui. Oui, c'est définitivement une idée. Et là, je crois même que j'ai tout un plan.

A cet instant, les lumières s'éteignirent dans le couloir.

— Et là, je crois que j'ai les jetons, ajouta le jeune homme.

— Que se passe-t-il ? demanda Willow.

Il lui prit le bras et l'entraîna dans le couloir.

— Retournons à la bibliothèque.

— Willow ? Alex ? lança une voix derrière eux.

Ils se retournèrent.

Une grande silhouette masculine se découpait contre la vitrine éclairée par un spot.

— Angel, lâcha Alex, soulagé que ce soit un ami.

*Enfin, si on veut.*

— Dieu merci, tu vas bien ! s'exclama Willow. Tu as vu Buffy ?

— Oui, répondit Angel. (Il regarda autour de lui.) Qu'est-ce qui se passe avec l'électricité ?

— Je ne sais pas, avoua Alex. Ecoute, j'ai une idée pour…

— Oublie ça, coupa le vampire. J'ai quelque chose à vous montrer.

D'un geste, il désigna les portes fermées, derrière lui.

— A nous montrer ? répéta Willow, surprise.

— Oui. Alex, va chercher les autres.

— D'accord, dit le jeune homme.

Il s'éloigna.

— Willow, viens avec moi, dit le vampire.

L'adolescente se dirigea vers lui.

— De quoi s'agit-il ?

— Tu verras, tu ne le regretteras pas, promit Angel.

Willow continua à avancer.

Un peu plus loin, Alex eut un étrange pressentiment. *Quelque chose cloche.*

Fronçant les sourcils, il s'immobilisa, hésita, puis fit volte-face et revint sur ses pas.

Willow avait presque rejoint Angel.

— Ecarte-toi de lui, Willow ! ordonna une voix féminine.

Mlle Calendar !

— Quoi ?

L'adolescente se retourna. Son professeur brandissait un gros crucifix de bois.

— Viens vers moi, ordonna-t-elle.

— De quoi parlez-vous ? demanda Willow.

Angel grogna et se saisit d'elle, une main passée autour de son cou et l'autre serrant son épaule.

Effrayée, Willow se débattit, mais elle n'était pas assez forte...

Alex franchit en trombe une porte et s'arrêta à côté de Mlle Calendar.

— Ne fais pas ça ! cria-t-il.

— Oh, mais j'y compte bien, cracha Angel.

Willow leva les yeux vers lui. Il avait pris son apparence vampirique, et ses yeux brillaient d'une lueur jaune.

— Angel, supplia-t-elle.

— Ce n'est plus Angel, n'est-ce pas ? demanda Mlle Calendar avec dureté.

— Faux. Je suis Angel. Enfin...

Même sa voix avait changé : plus vicieuse, plus brutale.

— Oh, mon Dieu, souffla Alex, comprenant enfin.

— J'ai un message pour Buffy, continua le vampire en serrant plus fort le cou de Willow.

— Dans ce cas, pourquoi ne me le remets-tu pas en mains propres ?

Plaquant Willow contre lui, Angel pivota pour faire face à Buffy qui le regardait, l'air décidée à le tuer s'il ne lâchait pas sa meilleure amie.

Willow s'autorisa à espérer qu'elle sortirait vivante de cette épreuve, mais elle avait de plus en plus de mal à respirer.

— L'expression est bien choisie, car ce n'est pas le genre de message qu'on transmet avec des mots. Je pensais plutôt utiliser les cadavres de tes amis.

Angel serra Willow un peu plus fort ; la jeune fille poussa un cri étranglé.

Buffy essayait de se montrer forte, mais elle tremblait.

Angel était sur le point de tuer sa meilleure amie sous ses yeux.

— Ça ne peut pas être toi, dit-elle en dévisageant la créature sauvage qui menaçait Willow.

— Nous en avons déjà parlé tout à l'heure…

— Angel, il doit rester une partie de toi qui se souvient de ce que tu es.

*Je t'en supplie, mon amour, arrête cette horreur.*

— Rêve toujours, gamine. Ton petit ami est mort, et vous allez tous le rejoindre.

Derrière Angel, Alex prit la croix à Mlle Calendar et marcha vers le vampire.

— Laisse Willow tranquille et bats-toi avec moi, grogna Buffy.

— Mais elle est si mignonne, railla Angel en pinçant la joue de Willow, qui poussa un glapissement terrifié. Et incapable de se défendre…

Sa voix rauque se fit pleine de sous-entendus.

Un rayon de lumière fit briller son anneau claddagh, et Buffy en eut la nausée.

— Je trouve ça très excitant…

Alex bondit, dépassa Angel par la droite et brandit son crucifix.

Fou de colère, le vampire rugit et lui jeta Willow dans les bras.

Les deux jeunes gens s'écrasèrent contre le mur.

Angel se dirigea vers Buffy, la saisit par un bras et la plaqua contre lui. Il la dominait de toute sa taille.

— Les choses vont devenir très intéressantes, chuchota-t-il à son oreille.

Il l'embrassa – un baiser plein de haine et de mépris – avant de la repousser brutalement.

Buffy le suivit du regard tandis qu'il reculait jusqu'à la porte et s'en allait, visiblement satisfait de son œuvre.

Willow et Alex se précipitèrent vers la jeune fille.
— Buffy, tu vas bien ? demanda Alex, fou d'inquiétude.
Son amie ne répondit pas.
Immobile, elle fixait l'endroit où Angel avait disparu.
— Buffy ? répéta Alex.
Mais la Tueuse ne pouvait pas émettre le moindre son.

# CHAPITRE III

Après le départ d'Angel, tout le monde s'était réuni dans la bibliothèque. Sous le regard indéchiffrable de Mlle Calendar, Giles faisait les cent pas autour de la grande table d'étude. Buffy et ses amis s'étaient laissés tomber sur des chaises et contemplaient le bout de leurs chaussures.

La Tueuse se sentait si détachée de tout qu'elle avait du mal à suivre la conversation.

— Sommes-nous absolument certains qu'Angel est redevenu un démon ? demanda Giles.

— Absolument. Y a-t-il encore quelqu'un qui a le moindre doute ? lança Alex.

— Vous ne poseriez pas la question si vous l'aviez vu, intervint Willow. Il était si… Il était venu pour nous tuer.

— Qu'allons-nous faire ? gémit Cordélia.

— Personnellement, j'envisage de paniquer très fort, marmonna Giles.

Mlle Calendar fronça les sourcils.

— Rupert, ne parlez pas comme ça devant les enfants.

— Désolé. (Luttant pour se reprendre, le bibliothécaire se passa une main sur le front.) Mais les choses se présentaient déjà très mal avec la reconstitution du Juge.

Et maintenant, Angel qui repasse de l'autre côté... Je n'étais pas préparé à ça.

— Aucun de nous ne l'était, murmura Mlle Calendar.

Buffy faisait lentement tourner son anneau claddagh dans sa main.

Willow se leva, fit le tour de la table et approcha d'elle.

— Tu vas bien ? demanda-t-elle gentiment.

Buffy secoua la tête.

— Je peux faire quelque chose pour toi ?

De nouveau, son amie eut un geste de dénégation.

— J'aurais dû le savoir, dit-elle, lugubre. (Des larmes maculaient son visage.) Quand je l'ai vu chez lui, il était si différent... Les choses qu'il m'a dites...

Elle ne put pas continuer.

Giles se pencha en avant, prêt à prendre des notes.

— Quelles choses ?

Buffy détourna la tête.

— C'est privé.

— Tu ne savais pas qu'il était redevenu mauvais ? demanda Mlle Calendar.

Willow se tourna vers son professeur.

— Vous, vous le saviez ! réalisa-t-elle.

— Pardon ?

— Vous le saviez, répéta la jeune fille. Vous m'avez dit de m'éloigner de lui.

Mlle Calendar haussa les épaules.

— J'avais vu son visage.

— Si au moins nous savions pourquoi ça s'est produit, murmura Giles, toujours occupé à analyser la situation.

Buffy sursauta.

— Que voulez-vous dire ? demanda-t-elle, le dévisageant tandis qu'il prenait place à la table.

— Eh bien, quelque chose a dû provoquer sa transformation, dit le bibliothécaire. Un événement particulier, inhabituel. Tu es la mieux placée pour savoir lequel.

*Oh, non. Oh, mon Dieu, non. Je vous en prie...*

— Je ne vois pas du tout, balbutia la jeune fille.

— Réfléchis, voyons. Que s'est-il produit de spécial la nuit dernière ?

— Giles, par pitié. Je ne...

Bouleversée, Buffy se leva et sortit en courant.

— Je suis désolé d'insister, mais nous ne pouvons pas nous permettre de... Buffy ! cria Giles.

Willow comprit soudain ce qui avait dû se passer. Ce qui avait provoqué la transformation d'Angel !

— Giles, fichez-lui la paix, ordonna-t-elle au bibliothécaire.

— Génial, soupira Cordélia commençant à compter sur ses doigts aux ongles manucurés. Un, il y a un démon invincible à Sunnydale ; deux, Angel vient de passer dans son camp ; trois, la Tueuse est bonne pour l'asile. Je pense que nous avons touché le fond.

— J'ai un plan, annonça Alex.

— Mais non, je me trompais : on doit pouvoir aller encore plus bas, dit Cordélia, sarcastique.

Sans se laisser distraire, le jeune homme se percha sur la table, à côté d'elle.

— Je ne sais pas ce qui est arrivé à Angel, mais je crois avoir trouvé un moyen d'éliminer le Juge.

— Que devons-nous faire ? demanda Willow.

Alex prit une inspiration. Il ne voulait pas élargir le gouffre qui venait de s'ouvrir entre eux, mais comme Willow l'avait dit elle-même, ils avaient des problèmes plus importants à régler. S'il voulait faire avancer les choses, il devait se montrer honnête.

— Je vais avoir besoin de Cordélia pour mon plan, annonça-t-il.

Willow le regarda sans rien dire, et il sut qu'il l'avait encore blessée.

*J'espère que tu me pardonneras un jour...*

— Il nous faudra aussi un véhicule.

Cordélia haussa les épaules.

— J'ai ma voiture.

— Non : quelque chose de plus gros.

Alex n'avait pas détaché son regard de Willow. La jeune fille se raidit.

— Pas de problème. Je vais appeler Oz : il a une camionnette.

Alex enregistra cette information et le ton sec sur lequel elle lui avait été transmise.

Il pensa à tout ce qu'on pouvait faire dans une camionnette...

Willow lui signifiait qu'elle avait une longueur d'avance sur lui. Il était affreux qu'elle en éprouve le besoin... Et Alex devait admettre qu'il ressentait une pointe de jalousie...

Mais il ne pouvait pas s'y attarder pour le moment.

— Parfait, dit-il.

En silence, il remercia Willow.

— Ça ne te ferait rien de m'expliquer le plan auquel je vais participer ? demanda Cordélia.

— Pas question.

— Et pourquoi donc ?

Willow leva les yeux au ciel comme pour dire : « Encore en train de vous disputer ! », ce qui n'échappa pas à Alex.

— Parce que si je t'explique, tu ne voudras pas le faire, répondit-il à Cordélia. Contente-toi de me retrouver chez Willow dans une demi-heure. Et porte quelque chose de provoquant... (Il l'étudia rapidement.) D'encore plus provoquant, corrigea-t-il.

Outrée, Cordélia ouvrit la bouche pour protester.

Ils sortirent ensemble de la bibliothèque.

— Je ne sais pas quoi faire pour Buffy, murmura Giles, désemparé.

— Si les vampires n'attaquent pas ce soir, je crois qu'on devrait lui ficher la paix, suggéra Mlle Calendar.

— Je suis d'accord avec cette proposition, dit Willow.

— J'imagine ce que doit ressentir Buffy, soupira Giles.

— Non, dit la jeune fille. Vous ne pouvez pas.

— Vous auriez dû voir la tête qu'elle a faite. C'était impayable ! acheva Angélus, savourant sa victoire.

Drusilla buvait ses paroles en berçant Mademoiselle Edith, sa poupée préférée. D'un bond, le vampire s'assit sur la table ; puis il croisa les chevilles et inclina la tête en arrière avec délectation.

— Je ne l'oublierai jamais.

— Si je comprends bien, tu ne l'as pas tuée, résuma Spike, qui n'avait pas l'air ravi par cette nouvelle.

— Bien sûr que non, répliqua Angélus, contrarié par l'attitude de son compagnon.

— Je sais que tu as été hors du coup pendant un moment, mon pote, mais ça se fait toujours chez les vampires de tuer les humains, dit Spike sur le ton qu'il aurait pris pour s'adresser à un débile mental. C'est notre raison d'être, en quelque sorte.

— Tu n'as pas l'intention de la tuer, n'est-ce pas ? devina Drusilla.

Elle tendit son index et son majeur, qu'elle enfonça dans les yeux de Mademoiselle Edith. Bâillonnée, la poupée ne protesta pas.

— Tu veux juste lui faire mal, comme tu m'as fait mal autrefois.

Ravie par sa déduction, elle eut un sourire éclatant.

— Personne ne me connaît aussi bien que toi, Dru, dit Angélus, histoire d'exaspérer Spike.

— Mieux vaudrait qu'elle ne se mêle plus de nos affaires, dit le vampire blond. Sinon…

Angélus eut un geste insouciant.

— Ne t'inquiète pas pour ça.

— Il me semble pourtant que j'ai des raisons, grogna Spike, bien décidé à ne pas lâcher le morceau.

— Spike ! (Angélus abattit le plat de sa main sur une caisse en bois, qu'il fit glisser le long de la table.) Mon garçon… Tu ne comprends rien, n'est-ce pas ?

Il se leva, désigna son compagnon coincé sur sa chaise roulante et éclata d'un rire moqueur.

— Tu as essayé de la tuer, et tu n'as pas réussi. Regarde-toi, tu fais pitié. Elle est plus forte que toutes les Tueuses que tu as affrontées.

Angélus fit un pas en direction de Spike.

— La force ne suffira pas avec elle. Il faudra agir de l'intérieur. Seul quelqu'un qui l'aime parviendra à tuer cette fille.

Buffy entra dans sa chambre et ferma la porte derrière elle. Des larmes plein les yeux, elle se dirigea vers sa coiffeuse et caressa la croix d'argent dont Angel lui avait fait cadeau lors de leur première rencontre. C'était devenu son bien le plus précieux.

A présent, ça n'était qu'un moyen de protection.
*De protection contre lui.*
Tremblante, Buffy lâcha la croix et s'éloigna en clignant des paupières pour chasser ses larmes. Machinalement, elle fit tourner sa bague autour de son doigt.

Elle baissa les yeux.

L'anneau claddagh qu'il lui avait offert pour son anniversaire.

Tandis qu'elle l'enlevait, les larmes recommencèrent à couler sur ses joues. Elle approcha de son lit et se laissa tomber dessus en sanglotant, la douleur sapant sa résolution.

Jamais elle ne s'était sentie aussi seule de sa vie.

Les draps écarlates ondulaient, soie et satin si lisses, fondant comme de la cire chaude. La main d'Angel caressait les cheveux de Buffy, ses lèvres effleuraient la peau de la jeune fille, se posaient sur ses yeux clos, sur le bout de son nez, sur le lobe de son oreille.

Les doigts de Buffy suivirent le tracé du tatouage d'Angel, son anneau d'argent scintillant dans la pénombre. Leurs souffles se mêlèrent et ils gémirent de passion mal contenue. Les muscles tendus, les nerfs à vif, le cœur battant... Les flammes de leur désir s'élevèrent, et pourtant, Angel se montrait toujours aussi doux, aussi attentif.

— Je t'aime, chuchota-t-il.

Puis Angélus le démon découvrit ses crocs et poussa un rugissement bestial...

Il avança vers elle dans le cimetière baigné par le clair de lune où elle se tenait devant une tombe ouverte en compagnie d'une autre femme.

— Tu dois apprendre à regarder, dit Angel, la fixant intensément.

Hébétée, Buffy le dévisagea, puis regarda la femme debout près d'elle. Tout de noir vêtue, Jenny Calendar releva son voile en contemplant la tombe.

Buffy ouvrit les yeux.

Elle avait encore fait un cauchemar.

Et celui-là signifiait quelque chose, elle en aurait mis sa main à couper.

Elle était habillée en noir.

Elle avait une mission.

D'un pas décidé, Buffy entra dans le lycée de Sunnydale, ignorant les adolescents qui se bousculaient déjà sur le campus. Sans ciller, elle s'engouffra dans le bâtiment principal, longea le couloir et fit irruption dans le laboratoire d'informatique où Mlle Calendar donnait ses cours.

Les élèves étaient en train de prendre place, pendant que leur professeur parlait à voix basse avec le bibliothécaire. Buffy passa devant Giles sans lui jeter un regard.

— Buffy ? appela-t-il, étonné.

La jeune fille saisit Mlle Calendar par le cou et la plaqua violemment contre son bureau. Des crayons et des disquettes volèrent en tous sens.

— Buffy ! s'exclama Giles, lui saisissant le bras pour la retenir.

Mais sa protégée l'ignora et fixa Mlle Calendar avec une expression déterminée et menaçante.

— Que savez-vous ?

Les élèves assistaient à la scène sans rien dire.

L'un d'eux ôta son casque et fit mine de se lever.

— Vous voulez que j'aille chercher le proviseur ?

Giles le foudroya du regard.

— Non, merci. Je gère la situation.

Buffy lâcha Mlle Calendar et fit un pas en arrière pour la laisser se relever.

— Vous pouvez partir. Le cours est annulé, dit Giles aux élèves.

Alors que ceux-ci s'empressaient de sortir, Buffy passa à l'attaque.

— C'est vous qui l'avez fait ? C'est vous qui l'avez transformé ?

La prof s'efforçait en vain de reprendre son souffle. Elle ne répondit pas.

— Pour l'amour du ciel, Buffy, calme-toi ! cria Giles.

— Comment saviez-vous ce qui allait se passer ? continua la jeune fille sans tenir compte de cette interruption.

— Buffy, on n'accuse pas les gens sans preuve ! s'indigna le bibliothécaire.

— Je n'en étais pas certaine, bredouilla Mlle Calendar.

Ces mots attirèrent l'attention de Giles. Surpris, il attendit avec Buffy que le professeur d'informatique se décide à parler.

— On m'a demandé…, commença Mlle Calendar en fixant Giles, comme si elle ne se décidait pas à affronter Buffy.

Puis elle jeta un coup d'œil à la jeune fille et murmura : « Oh, mon Dieu », avant de détourner de nouveau le regard.

Mais Buffy n'allait pas la laisser s'en tirer à si bon compte…

— On m'a envoyée ici pour vous surveiller, avoua Jenny. On m'a dit de vous séparer, Angel et toi. (Elle hocha la tête.) Mais on ne m'avait pas prévenue de ce qui se passerait.

— Jenny…, souffla Giles, abasourdi.

— Je suis désolée, Rupert. (Elle baissa les yeux, comme si elle n'arrivait pas à croire à ses propres paroles.) Angel était censé payer pour ce qu'il a fait à mon peuple.

— Et moi ? demanda Buffy. Pour quoi étais-je censée payer ?

— Je ne savais pas ce qui se passerait. Quand je l'ai découvert, il était trop tard. Sinon, je jure que je t'en aurais parlé.

Les deux femmes gardèrent le silence un moment.

— Alors, c'était bien moi, chuchota Buffy. C'est ma faute…

— Je crains que oui, répondit Mlle Calendar. Je veux dire, si vous avez…

Giles fit un pas en avant.

— Je ne comprends pas.

— La malédiction, expliqua Mlle Calendar en se relevant. Si Angel connaissait le bonheur, fût-ce un instant, il devait de nouveau perdre son âme.

— Mais comment sais-tu que tu es responsable ? insista Giles en dévisageant Buffy.

La jeune fille leva les yeux vers lui. Quelque chose dans son expression dut le mettre sur la voie.

— Oh.

L'air affreusement gêné, il ôta ses lunettes.

Buffy s'était rarement sentie aussi humiliée.

— S'il y a quoi que ce soit que je puisse…, commença Mlle Calendar.

— Maudissez-le à nouveau, exigea Buffy.

Jenny secoua la tête.

— Je ne peux pas. Voilà longtemps que mon peuple a oublié ces vieux rituels.

Buffy n'en crut pas ses oreilles.

— Vous l'avez fait une fois. Recommencez ! Il n'est peut-être pas trop tard pour le sauver.

— C'est impossible, soupira Mlle Calendar. Je ne peux pas t'aider.

— Alors, conduisez-moi à quelqu'un qui en sera capable.

La fumée de la pipe d'Enyos formait un nuage autour de sa tête quand la porte de sa chambre s'ouvrit. Il eut un sourire amer : il s'attendait à la visite de Janna et de la Tueuse.

— Je savais qu'elle te conduirait ici. Je suppose que tu veux des réponses, lâcha-t-il.

— Pas vraiment.

Enyos de la tribu des Kalderash bondit sur ses pieds et fit volte-face.

Angélus, le Fléau de l'Europe, se tenait face à lui dans toute sa gloire... maléfique.

— Mais merci de l'avoir proposé, ricana-t-il.

La camionnette d'Oz étant au garage pour une révision, les jeunes gens avaient dû attendre le soir pour mettre à exécution le plan d'Alex. La tension n'avait cessé de monter pendant la journée. Puis vint le moment où ils purent enfin se déployer.

C'était une nuit noire et orageuse. Oz avait garé sa camionnette dans le virage, juste devant l'armurerie. Willow occupait le siège passager à côté de lui. Vêtu d'un pantalon large et d'une veste en velours côtelé, Alex était assis à l'arrière avec Cordélia.

— Attendez-nous ici, ordonna-t-il à Oz et à Willow. Quand vous me verrez ouvrir cette fenêtre, sortez l'échelle, et on vous fera passer le bébé. C'est d'accord ?

— D'accord, dit calmement Oz.

— Soyez prudents, ajouta Willow.

Alex et Cordélia sortirent du véhicule. L'idée du « encore plus provoquant » de la jeune fille consistait en un serre-tête métallisé, d'énormes boucles d'oreilles de très mauvais goût, une veste argentée, un caleçon noir ultra-moulant et des gants assortis, qu'Alex trouvait plutôt coquins.

Le jeune homme découpa une ouverture dans le grillage qui les séparait de leur objectif.

Puis il entra et Cordélia le suivit.

— La sécurité laisse vraiment à désirer, plaisanta Alex. Je devrais faire un rapport.

— Quel rôle dois-je jouer, déjà ? demanda Cordélia.
— Celui d'une fille. Tu crois que tu t'en sortiras ?
Elle flanqua une bonne tape au garçon.
— Halte ! ordonna une voix masculine. (Les deux jeunes gens s'immobilisèrent et levèrent les bras.) Identifiez-vous immédiatement.
Alex s'efforça de ne pas bégayer.
— Première classe Harris, du, euh, du trente-troisième.
— Le trente-troisième est en manœuvre, répliqua le garde, soupçonneux.
*Oh oh...*
— Exact. Je suis en permission, précisa Alex en se retournant.
Le garde portait un imperméable et son fusil était pointé vers le ciel.
— Tu gaspilles toujours tes perms à traîner autour de l'armurerie, mon pote ? grogna-t-il en essayant de se faire passer pour un dur. (Et en y réussissant très bien, de l'avis d'Alex.) Et elle, qu'est-ce qu'elle fout là ?
— Je ne suis pas un soldat, déclara joyeusement Cordélia. (Elle glissa un regard à Alex.) N'est-ce pas ?
Le jeune homme s'approcha du garde.
— Ecoute, je veux juste lui faire faire le tour du propriétaire. Tu vois ce que je veux dire ?
— Le tour du propriétaire ? répéta le garde.
— Tu connais les filles, dit Alex, baissant la voix pour établir un climat de confiance. Elles adorent les flingues. Ça les met dans un état pas possible. Tu ne voudrais pas être sympa et nous laisser entrer ?
— Pourquoi je ferais ça ? grommela le garde.
— Parce que sinon, je dirai au colonel Newsome que tes pompes ne sont pas réglementaires, que tu dormais à ton poste, et que tu tiens ton fusil comme une gonzesse ! cria Alex en saisissant l'arme et en la lui pla-

quant contre la poitrine dans la position où elle était censée être.

La menace fit son petit effet.

— Je te laisse vingt minutes.

— Oh, cinq me suffiront, lui assura Alex. (Puis, se ravisant :) Euh, oublie ce que je viens de dire.

Il ouvrit la porte marron qui annonçait « Zone de Sécurité », et s'effaça pour laisser entrer Cordélia.

A l'intérieur, une lumière diffuse révélait des dizaines d'armes de toutes les tailles et de toutes les formes.

— Tu peux m'expliquer ce qui se passe ? chuchota Cordélia.

Alex ferma la porte à clé derrière eux.

— Tu te souviens d'Halloween, quand je me suis transformé en soldat ?

— Evidemment !

— Eh bien, je me souviens encore de tout. Les procédures, les codes d'accès… La totale ! Je connais par cœur le plan de cette base, et je suis à peu près sûr de réussir à monter un M16 en cinquante-sept secondes.

— Je suis impressionnée, avoua Cordélia. Mais contentons-nous de trouver ce truc et de filer en vitesse.

— D'accord.

Pendant qu'Alex cherchait, elle s'assit sur une caisse.

— Alors, regarder des flingues donne envie aux filles de faire l'amour ? Je trouve ça effrayant.

— Si tu le dis, marmonna le jeune homme en inspectant les armes.

— Et toi ? Regarder des flingues te donne envie de faire l'amour ? insista Cordélia.

— J'ai dix-sept ans, lui rappela Alex. Regarder du *linoléum* me donne envie de faire l'amour.

— Je voudrais bien qu'ils se dépêchent, murmura Willow, anxieuse.

— Alors, euh… Ça vous arrive souvent de voler des armes dans une base militaire ? demanda Oz avec une évidente curiosité.

— Ben, on n'a pas le câble, alors on se distrait comme on peut, répondit Willow.

Oz eut une vague grimace.

— Je vois.

— Tu ne voudrais pas m'embrasser ? lança soudain la jeune fille.

— Quoi… Quoi… ? balbutia le jeune homme, pris au dépourvu.

— Oublie ce que j'ai dit. Je suis désolée.

Embarrassée, Willow détourna le regard, mais ne put s'empêcher d'insister :

— Alors, tu n'as pas envie ?

Oz réfléchit avant de répondre :

— Parfois, en cours, je ne suis pas en train de penser à ce que dit le prof… Non, ça, ça n'arrive jamais. Mais parfois, je pense à t'embrasser, et c'est comme si tout se figeait. Arrêt sur image. Baiser avec Willow.

Le visage de la jeune fille s'éclaira.

— Oh, je ne vais pas le faire, ajouta Oz.

— Mais… pourquoi ?

— Eh bien… Aux yeux d'un observateur impartial, il semble que tu veuilles rendre ton ami Alex jaloux, ou quelque chose dans le genre. Ça ne m'intéresse pas. Dans mon rêve, quand je t'embrasse, tu en as autant envie que moi. (Il marqua une pause.) Mais ce n'est pas grave. J'attendrai.

Willow eut un sourire charmé. Elle était si mignonne avec son manteau à col de fausse fourrure et ses petites boucles d'oreilles pendantes qu'Oz se réjouit. Il avait seulement voulu être honnête, mais il était certain que cette fille méritait qu'on fasse des efforts pour elle. En plus de ça, si elle le trouvait intéressant… c'était un bonus.

— Il faut y aller, dit-il en voyant la fenêtre s'ouvrir.

Mlle Calendar entra dans la chambre de son oncle, suivie par Buffy et par Giles.

Ce fut donc elle qui aperçut le cadavre la première.

— Oh, mon Dieu ! gémit-elle.

Buffy sursauta et Giles porta une main à sa bouche comme s'il allait vomir.

Puis ils aperçurent le message rédigé en lettres de sang sur le mur : *Est-ce que c'était bon pour toi aussi ?*

Buffy reconnut l'écriture d'Angel.

— Il fait ça délibérément, Buffy, dit Giles. Il essaye de te rendre les choses encore plus difficiles.

La jeune fille ne pouvait détacher son regard du message. Une telle cruauté…

— Au contraire, il me rend les choses beaucoup plus faciles. Je sais ce que je dois faire, à présent.

— Quoi ? demanda Giles, inquiet.

— Le tuer.

# CHAPITRE IV

A l'usine, le Juge avait l'air plutôt ridicule dans sa grossière robe brune. Angélus regretta de ne pas avoir songé à lui acheter des fleurs.

— Je suis prêt, annonça le démon.

— Pas trop tôt, grommela Spike.

Assise sur ses genoux, Drusilla poussait de petits gémissements désolés en l'embrassant pour lui dire au revoir.

— Amusez-vous bien, lâcha-t-il, stoïque.

— Dommage que tu ne puisses pas venir ! cracha Angélus. (Il lui tapota le bras.) Mais on pensera bien à toi.

— Je ne serai pas toujours cloué sur cette chaise, tu sais, grommela Spike sur un ton vaguement menaçant.

En guise de représailles, Angélus saisit la main que Drusilla avait posée sur sa joue et la serra d'un geste possessif.

— Et si ta petite amie se pointe ? lança Spike.

— Je lui donnerai un baiser, répondit Angélus.

Il s'approcha du Juge pendant que Drusilla observait Spike par-dessus son épaule.

— Tu es mignonne comme tout, dit Angélus avec une gaieté carnassière.

— Mignonne ? marmonna le démon sans comprendre.

A la bibliothèque, Alex et Oz posèrent une caisse de bois oblongue sur le bureau de Giles. Dans la pièce principale, Cordélia et Willow étaient occupées à fourrer des armes dans un sac de sport.

— Bon anniversaire, Buffy ! lança Alex. J'espère que la couleur te plaira.

La jeune fille fit un pas en avant pour regarder Giles s'emparer d'une barre à mine afin de forcer le couvercle.

— On va d'abord aller à l'usine, dit la Tueuse, mais on risque de ne pas les trouver là-bas. S'ils sont passés à l'offensive, nous devons réfléchir aux endroits où ils ont pu aller.

L'adrénaline coulait à flots dans ses veines. Elle était impatiente de se battre.

— D'accord, dit Giles en soulevant le couvercle.

Buffy jeta un coup d'œil dans la caisse.

— Ça me paraît bien.

Debout sur le seuil, Mlle Calendar s'éclaircit la voix.

— Voulez-vous…, commença-t-elle. Puis-je faire quelque chose pour vous aider ?

Buffy ne daigna pas lui accorder un regard.

— Sortez d'ici ! ordonna-t-elle.

— Je voulais juste donner un coup de main, murmura Jenny, penaude.

Le bibliothécaire la dévisagea un instant, puis lui tourna le dos.

— Elle vous a dit de sortir.

Sa voix n'exprimait ni joie ni colère. Il se contentait de se ranger du côté de sa Tueuse. Buffy soupira, touchée par son choix et attristée qu'il soit forcé d'en faire un. Pourquoi avait-il fallu que les choses dérapent à ce point ?

Mlle Calendar battit en retraite tandis qu'Alex s'approchait de Buffy.

— Tu veux que je te montre comment on s'en sert ?

— Oui, répondit la jeune fille.

Elle avait fait taire son cœur pour n'écouter que sa raison. *Je ne sais pas si je lui redonnerai la parole un jour.*

*J'espère que non.*

Ils allèrent à l'usine.

Mais celle-ci était déserte, les confetti envolés et les chaises dépouillées de leur décoration florale.

— Je le savais, lâcha Buffy.

Giles jeta un coup d'œil à la ronde.

— Et tu n'as aucune idée de l'endroit où ils ont pu aller ?

— Non, reconnut la jeune fille.

Aucun d'eux n'avait remarqué le vampire en chaise roulante dissimulé dans l'ombre. Spike avait bien l'intention que ça continue comme ça.

— Dans un lieu très fréquenté, je suppose. Le Juge a besoin de corps, non ?

Le petit groupe se dirigea vers la sortie.

— Le *Bronze* ? suggéra Willow.

— Fermé ce soir, lui rappela Alex.

— Il n'y a pas beaucoup d'autres possibilités à Sunnydale, dit Cordélia. Les gens ne vont pas faire la queue pour être massacrés.

— Euh, les gars ? intervint Oz. Si je voulais faire la queue, je sais très bien où j'irais…

Le centre commercial de Sunnydale.

*Les voilà*, se réjouit Angélus tandis que Drusilla, lui et leurs séides conduisaient le Juge au premier étage du complexe. *Les voilà, toutes les batteries sur pattes dont a besoin notre distributeur d'Armageddon.*

Un homme d'affaires portant un attaché-case atteignit le haut de l'escalier, pile dans la ligne de tir du Juge. Celui-ci tendit sa main gauche, dont jaillit un rayon d'énergie. L'homme s'embrasa comme Dalton ; des flammes jaillirent de ses orbites avant de le consumer de l'intérieur.

Quelques secondes plus tard, il ne restait de lui qu'un petit tas de cendres.

Satisfait, Angélus s'adressa à ses séides :

— Bouclez toutes les issues, les gars. (Puis, à l'attention du Juge :) Vas-y, mon vieux. Tu peux te goinfrer.

Le démon eut l'air tout heureux de cette invitation.

Quand les portes de l'ascenseur s'ouvrirent, Buffy prit la tête de la petite colonne. Giles venait derrière elle, portant la boîte oblongue sur son épaule.

— Vous restez en arrière et vous n'intervenez que pour limiter les dégâts, ordonna la jeune fille à ses amis pendant qu'ils traversaient le centre commercial. A la limite, éliminez les vampires. Moi, je me charge du Schtroumpf géant.

Flanqué par Angélus et par la ravissante Drusilla, le Juge prit position dans l'escalier.

Angélus, qui avait longtemps vécu parmi les humains, ne fut pas surpris de constater leur totale absence de réaction devant la mort de l'homme d'affaires. Tous étaient si absorbés par leurs soucis qu'ils n'avaient pas remarqué que quelque chose d'inhabituel se produisait.

*Des fourmis*, songea Angélus, méprisant. *De simples réservoirs de sang dépourvus de cerveau.*

Le Juge ouvrit grands les bras. Des rayons d'énergie

jaillirent, allant frapper les cibles les plus proches et rebondissant jusqu'aux suivantes comme les billes d'un flipper. Le démon se délectait de ce spectacle, et Angélus se délectait de sa délectation.

— Oh, j'adore ça, se pâma Drusilla en sautillant sur place tant elle était excitée.

Puis un carreau d'arbalète vint se ficher dans la poitrine du Juge. Il frémit, trébucha, ce qui neutralisa son pouvoir.

Les gens qu'il avait attaqués s'effondrèrent en gémissant, mais la plupart survivraient.

Le Juge arracha le projectile, qu'il brisa en deux.

— Qui a osé ? rugit-il.

Angélus pivota, les yeux écarquillés de surprise.

Buffy était en position au sommet du distributeur de pop-corn, à une cinquantaine de mètres du Juge. Comme elle s'y était attendue, Angélus et Drusilla l'accompagnaient.

— Je pense avoir attiré son attention, dit-elle avec une satisfaction lugubre.

Le Juge s'adressa directement à elle.

— Tu es folle ! cria-t-il. Aucune arme forgée ne peut m'arrêter.

— Ça, c'est l'ancienne époque, dit Buffy en tendant son arbalète à Alex. Ça, c'est la nouvelle.

Et elle saisit le lance-roquette que lui tendait Giles.

Puis elle le cala sur son épaule et visa.

L'arme bourdonna en se chargeant.

Aussitôt, les clients du centre commercial s'éparpillèrent en tous sens.

Buffy appuya sur la détente.

De l'autre côté du hall, Angélus et Drusilla se regardèrent. Ils savaient ce qui allait se passer. Ils bondirent, abandonnant le Juge, qui demanda avec un mélange de curiosité et d'inquiétude :

— A quoi sert cette chose ?

Angélus et Drusilla sautèrent par-dessus la rampe de l'escalier au moment où Buffy tirait. La roquette fila droit vers le Juge, le heurta de plein fouet et le fit exploser.

Les vampires qui l'accompagnaient furent projetés à terre par le souffle ; Angélus et Drusilla atterrirent rudement à l'étage du dessous, tandis que de minuscules lambeaux du démon bleu retombaient en pluie autour d'eux.

Angélus bondit sur ses pieds et disparut. Restée en arrière, Drusilla, affolée, le suivit en gémissant. Les vampires qui avaient survécu l'imitèrent.

A cause du nuage de fumée qui montait peu à peu vers le plafond, Buffy mit quelques secondes avant de comprendre qu'elle avait atteint sa cible.

Ses amis lui jetèrent un coup d'œil timide depuis leur cachette, derrière le stand de friandises.

— C'est le plus beau cadeau qu'on m'ait jamais fait, dit la jeune fille à Alex en lui rendant le lance-roquette.

— Je savais que ça te plairait...

— Vous croyez qu'il est mort ? demanda Willow.

— Nous ne pouvons pas en être sûrs. Ramassons ses morceaux pour les éparpiller de nouveau.

Les autres passèrent aussitôt à l'action, mais Cordélia grommela :

— Ramasser les morceaux ? C'est un boulot dégoûtant !

Buffy l'ignora. Son travail à elle n'était pas terminé.

En fait, il venait à peine de commencer.

Angélus courait.

Jetant un coup d'œil par-dessus son épaule, il vit la Tueuse le suivre du regard et accéléra, bousculant les gens sur son passage tant il avait hâte de ficher le camp.

Buffy sauta du distributeur de pop-corn et se lança à sa poursuite.

Les débris calcinés du Juge produisaient un énorme nuage de fumée qui activa les sprinklers du plafond. Bientôt, le centre commercial fut inondé, l'eau cascadant dans les escaliers.

Buffy s'arrêta pour regarder autour d'elle. Elle était dans un cul-de-sac qui abritait une pâtisserie et pas grand-chose d'autre.

Angélus profita de son avantage pour l'attaquer par-derrière. Quand la jeune fille s'effondra, il songea : *Ce sera plus facile que je ne m'y attendais.*

— Tu sais ce qui a été le plus dur ? cracha-t-il en la regardant à travers le rideau de gouttelettes tandis qu'elle se mettait à genoux et se relevait. Prétendre que je t'aimais. Si j'avais su que tu céderais aussi facilement, je ne me serais pas donné cette peine.

La jeune fille lui jeta un regard où se mêlaient la tristesse et la colère, et il sut qu'elle avait du mal à contenir la rage qui bouillonnait en elle.

*Je la connais si bien... Je la connais par cœur, du dedans comme du dehors.*

— Ça ne marche plus, lâcha-t-elle froidement. Tu n'es plus Angel.

— Tu aimerais le croire, pas vrai ? Bah, ça n'a pas d'importance. (Il sourit, savourant sa victoire.) L'important, c'est que *tu* aies fait de moi ce que je suis aujourd'hui...

Cette fois, il avait touché le point sensible. Buffy se jeta sur lui. Elle lui flanqua un coup de pied dans la tête, puis un coup de poing dans le bras.

Angélus ne se laissa pas faire ; il riposta en la frappant au visage, puis au ventre, en l'empoignant par les cheveux et en lui décochant un coup de pied à la tempe.

Buffy s'écroula de nouveau.

Le Gang de Scoubidou était en train de ramasser les morceaux du Juge quand Oz se figea, leva une main et désigna un fragment plus important que les autres, qu'il n'osait visiblement pas toucher.

— Euh, je crois que c'est un bras, annonça-t-il.

Dans le cul-de-sac, Angélus était sur le point de prendre le dessus. Alors que Buffy se relevait, il la hissa sur son épaule et la projeta violemment à terre. De nouveau, la jeune fille bondit sur ses pieds, mais il para son attaque et lui décocha un crochet au menton.

Buffy s'effondra.

— Tu ne vas pas déjà abandonner ? railla Angélus, savourant la peur qu'il lisait sur son visage.

*Ses grands yeux sont si expressifs ! Ils me disent ce que j'ai besoin de savoir : elle est fatiguée et terrorisée... Juste comme je l'aime.*

— Allons, Buffy... Je suis sûr que tu en veux encore !

Galvanisée, la jeune fille bondit et lui flanqua une volée de coups de poings furieux. Elle l'atteignit tant de fois qu'Angélus perdit bientôt le compte. Après s'être servi de lui comme d'un punching bag, elle lui fit passer la tête à travers une vitrine.

Déchaînée, elle le repoussa pour lui décocher un coup de pied de face, puis un coup de pied tournant.

Angélus vola en arrière et atterrit sur le sol.

Quand il se releva, Buffy brandissait un pieu.

Mais Angélus vit la résolution vaciller dans les yeux de la jeune fille.

Une telle douleur brillait dans son regard...

Il sourit quand elle baissa le bras.

— Tu ne peux pas le faire, triompha-t-il. Tu ne peux pas me tuer.

Le chagrin de Buffy se transforma en colère. Avant

de réaliser ce qu'elle faisait, elle lui flanqua un coup de pied à l'entrejambe.

Angélus grogna et se plia en deux, la bouche ouverte comme pour reprendre son souffle.

En silence, il tomba à genoux.

Buffy lui tourna le dos et s'éloigna sous la pluie que continuaient à cracher les sprinklers.

— Laisse-moi un peu de temps, dit-elle si bas qu'il l'entendit à peine.

Giles la ramena chez elle. Assise à l'avant de la vieille Citroën garée dans Revello Drive, Buffy avait tellement honte qu'elle ne pouvait pas le regarder en face. Elle sentait que le bibliothécaire l'observait, mais elle fixait un point, droit devant elle.

Giles coupa le moteur.

— Ce n'est pas fini. Je suppose que tu t'en doutes…, dit-il.

Buffy hocha la tête et baissa les yeux.

— Il va s'en prendre à toi ! D'après son profil psychologique, il devrait s'acharner contre les choses et les gens qui l'ont fait se sentir humain…

— Vous devez être tellement déçu, dit Buffy d'une voix rauque.

Enfin, elle osa regarder son Observateur.

— Non, pas du tout, répliqua Giles, sincère.

— Mais tout est ma faute.

De nouveau, les larmes de Buffy jaillirent.

*J'ai tellement mal que je voudrais être morte.*

Giles pivota sur son siège pour la regarder.

— Je ne le pense pas. Tu veux que je te montre du doigt en disant que tu as agi imprudemment ? Parce que c'est la vérité, et que je pourrais très bien le faire…

Buffy baissa la tête, attendant la suite d'un discours qu'elle devinait blessant.

— Mais je sais que tu l'aimes, et il a prouvé plus d'une fois que c'était réciproque...

Buffy releva la tête, avide de pardon et de paroles de réconfort.

— Tu ne pouvais pas savoir ce qui se produirait. Je crains que les mois à venir ne soient très difficiles pour nous tous. Mais si tu cherches quelqu'un pour te culpabiliser, Buffy, tu ne t'es pas adressée à la bonne personne. Tout ce que tu obtiendras de moi, c'est mon soutien et mon respect.

Un silence douloureux plana dans la voiture.

Les larmes de Buffy coulaient comme la pluie.

Sa mère lui avait dit que l'acteur principal s'appelait Robert Young, mais Buffy ne se souvenait pas du nom de l'actrice qui chantait : « Bonne nuit mon amour, notre histoire touche à sa fin. »

C'étaient des gens très riches embarqués pour une croisière de luxe sur un vaste océan en noir et blanc.

Joyce entra avec une tasse de café et une assiette sur laquelle reposaient deux muffins. Une bougie était plantée dans le plus gros.

Elle posa le tout sur la table du salon et s'assit sur le canapé à côté de sa fille.

Ce soir-là, elles étaient vêtues de la même façon : Joyce avec un sweat-shirt trop grand et un caleçon long, Buffy avec un immense T-shirt gris à col en V et un pantalon de jogging.

Toutes deux portaient des chaussettes de laine qui leur dégoulinaient sur les chevilles.

Joyce jeta un coup d'œil à la télévision et demanda :

— J'ai raté quelque chose ?

— Juste quelques chansons et beaucoup d'agitation pour rien, répondit Buffy.

Sa mère regarda dans un coffret en bois, puis dans un

pot en céramique, et finit par trouver une pochette d'allumettes.

— Désolée de ne pas avoir eu le temps de te préparer un vrai gâteau, s'excusa-t-elle.

— Ça ira très bien, assura Buffy.

Et elle le pensait.

*C'est ma maison, ma mère, la vie que je n'ai pas d'habitude.*

— Mais nous irons quand même au centre commercial demain. Alors, qu'as-tu fait de beau pour ton anniversaire ? Tu t'es bien amusée ?

Buffy sentit sa gorge se serrer. *Oh, maman, si tu savais... Et j'ai tellement envie de t'en parler ; j'en ai tellement besoin...*

— J'ai vieilli, dit-elle simplement.

Sa mère eut l'air surprise par la tristesse qu'elle entendait dans sa voix.

— Je trouve que tu n'as pas changé.

Son amour pour Buffy se lisait dans son regard et dans son sourire.

Puis elle alluma la petite bougie.

— Joyeux anniversaire. Dis-moi que ce n'est pas la peine que je chante...

— Non, la rassura Buffy avec un demi-sourire.

— Allons, vas-y, dit Joyce. Fais un vœu.

La jeune fille observa la minuscule flamme.

— Je crois que je vais juste la laisser brûler.

Elle posa la tête sur la poitrine de sa mère, qui lui caressa les cheveux d'un air pensif.

A l'écran, les acteurs en noir et blanc chantaient « Bonne nuit, mon amour ».

Et Buffy regardait brûler la bougie.

# TROISIÈME CHRONIQUE

# LA BOULE DE THÉSULAH

# PROLOGUE

Le *Bronze*.
Toujours identique à lui-même.
Au cours des mois écoulés depuis sa transformation, Angélus s'était souvent demandé si quelque chose finirait par changer dans la vie de la Tueuse.

Il y avait eu des nouveautés surprenantes dans son cercle d'amis : Alex et Cordélia sortaient officiellement ensemble, et la gentille petite Willow avait mis le grappin sur Oz, le guitariste des Dingoes Ate My Baby.

*L'amour. Comme c'est ennuyeux...*

Puis il avait compris qu'il pouvait faire bouger les choses. De fait, il avait déjà commencé.

*Toujours sur le qui-vive. C'est moi tout craché !*

Debout sur la mezzanine, Angélus baissa les yeux vers la piste de danse. Le rythme sensuel de la musique ponctuait les regards langoureux et les déhanchements sensuels. Les photophores posés sur les tables projetaient une chaude lueur sur le visage des jeunes gens. On échangeait des sourires, on posait des questions à voix basse, on se faisait des promesses...

Angélus descendit l'escalier en *la* cherchant du regard. Il savait qu'elle était *là*. Il la sentait.

Il l'aperçut enfin. Souriante, vêtue d'un débardeur moulant et d'une jupe courte, les cheveux ébouriffés comme au saut du lit, elle dansait en ondulant des hanches.

Alex lui tenait lieu de partenaire. Le spectacle ne le laissait pas indifférent, mais il avait conscience de son statut d'ami plutôt que d'amoureux. Non loin de là, rassurée depuis que leur liaison était officielle, Cordélia bavardait gaiement avec Willow autour d'une petite table.

Angélus les regarda sans ciller, enregistrant tous leurs gestes. Il fit le tour de la piste de sa démarche féline, semblable à un prédateur affamé.

*La passion,* songea-t-il. *Elle sommeille en chacun de nous, attendant son heure. Au moment où nous le désirons le moins, elle se réveille, fait claquer ses mâchoires et hurle à la lune.*

Elle portait son nouveau parfum à la vanille, le même que la nuit où ils avaient fait l'amour. Une odeur sucrée plana dans l'air quand elle sortit du *Bronze* avec ses amis, un bras sous celui de Willow, Alex et Cordélia traînant un peu en arrière.

Au moment où ils passèrent devant lui, Angélus buvait avidement le sang de sa victime : une jeune femme qu'il enlaçait comme si elle avait été sa maîtresse, alors qu'il la considérait comme de la vulgaire nourriture.

Ces quatre-là avaient l'air si innocent, surtout Willow qui léchait une sucette avec enthousiasme. Toujours sous son apparence vampirique, Angélus lâcha le corps de la jeune femme, qui tomba sur le sol.

Puis il reprit son visage humain et emboîta le pas à la Tueuse.

La jeune fille raccompagna chacun de ses amis jusqu'à sa porte avant de rentrer chez elle. Enfin, elle se retrouva seule dans sa chambre. La fenêtre était ouverte.

Bien qu'elle eût jeté un coup d'œil par le store vénitien, comme si elle sentait qu'on l'observait, elle laissa la lumière allumée pendant qu'elle se déshabillait.

Tout autre qu'Angélus aurait vu une ravissante lycéenne occupée à régler son réveil avant de se mettre au lit, vêtue d'une nuisette de satin rose, et de fermer les yeux. Angélus, lui, ne voyait que la Tueuse, une créature dangereusement exquise aux pouvoirs redoutables.

Il se souvint de ses caresses.

De la confiance qu'elle avait eue en lui.

Se glissant par la fenêtre ouverte, il vint s'asseoir sur son lit pour la regarder dormir. Les artères de son cou battaient rapidement. Peut-être rêvait-elle de lui...

Avec douceur, il écarta une mèche de cheveux blonds tombée de son visage, effleura son front du bout des doigts et inhala son odeur.

*Elle nous parle et nous guide. La passion nous gouverne et nous lui obéissons.*

*Parce que nous n'avons pas le choix.*

# CHAPITRE PREMIER

Quand Buffy se réveilla, la lumière du soleil entrait à flots par la fenêtre de sa chambre. Prenant conscience du gazouillis des oiseaux dans le jardin, la jeune fille tourna la tête, s'étira puis ouvrit les yeux.

Une enveloppe marron était posée sur son oreiller. Elle s'assit pour l'ouvrir et en sortit une épaisse feuille de papier.

Elle la déplia. C'était un portrait au fusain d'elle, dans son sommeil, les yeux clos et le visage serein.

*Il l'a laissé sur mon oreiller pour que je le trouve.*
*Pour que je sache.*

Vêtue d'une robe imprimée dont les motifs imitaient la fourrure d'un animal, un petit sac blanc sur l'épaule, Buffy entra dans la bibliothèque du lycée.

Pour changer un peu, Giles était en train de tamponner des livres, tandis que Cordélia (toujours à la pointe de la mode avec sa chemise en chambray bleu pâle et sa jupe grise) bavardait avec Alex, perché sur le dossier d'une des chaises en bois.

— Il est venu dans ma chambre, lâcha Buffy.

Levant les yeux de ses livres, Giles demanda poliment :

— Qui donc ?

La jeune fille avança vers la grande table.

— Angel. Il est venu dans ma chambre hier soir.

Cordélia et Alex parurent troublés. Son tampon de caoutchouc à la main, Giles fit le tour du comptoir pour les rejoindre.

— Tu en es sûre ?

— Absolument, affirma Buffy. A mon réveil, j'ai trouvé un dessin sur mon oreiller.

— Une visite de la petite souris..., ne put s'empêcher de plaisanter Alex. Sauf qu'elle ne vient pas chercher de dents : elle a apporté les siennes, qui sont déjà bien aiguisées.

Cordélia fronça les sourcils.

— Je croyais que les vampires ne pouvaient pas entrer quelque part sans qu'on les y ait invités...

Giles se tourna vers elle.

— C'est vrai. Mais il suffit de les inviter une fois pour qu'ils puissent revenir à leur guise.

— Ça vous apprendra à attirer des types étranges dans votre chambre, les filles ! lança Alex.

Pour une fois, il était sérieux.

— Oh, mon Dieu ! gémit Cordélia. Je l'ai fait monter dans ma voiture. Ça veut dire qu'il peut y entrer quand ça lui chantera !

Alex eut l'air désolé.

— Oui. Tu es condamnée à lui servir de chauffeur jusqu'à la fin des temps, et je parie qu'il ne participera pas aux frais d'essence.

— Giles, il doit bien exister un moyen d'annuler l'*invitation*, pas vrai ? s'enquit Buffy sans tenter de cacher son anxiété. Une barrière du genre : « On ne rentre pas ici quand on n'a pas de pouls » ?

— Et qui fonctionne aussi pour une voiture ? ajouta Cordélia, pleine d'espoir.

Giles était déjà sur la piste.

— Je pourrais consulter mes...

Alex se leva en voyant deux lycéens — un garçon et une fille rousse — entrer dans la bibliothèque.

— On ne vous a jamais appris à frapper ? grommela-t-il.

— On a besoin de bouquins sur Staline, dit le garçon, sur la défensive.

Alex tendit un index accusateur vers lui.

— Vous vous croyez où, dans une librairie Barnes & Noble ?

— Euh, c'est quand même une bibliothèque, ici, rappela Giles.

— Depuis quand ? demanda Alex, comme si c'était la première fois qu'il entendait parler de la chose.

Giles soupira.

— Troisième rangée, rayon des biographies historiques, indiqua-t-il aux lycéens.

— Merci, répondit le garçon.

Sa compagne et lui montèrent l'escalier de la mezzanine.

Alex fit signe aux autres de le suivre dans le couloir. Ils sortirent sur la pointe des pieds au moment où le garçon se retournait pour demander :

— Quelle rangée, déjà ? Oh…

Alors qu'ils quittaient le bâtiment pour déboucher sur le campus inondé de soleil, Giles récapitula :

— Donc, Angel a décidé de passer à la phase supérieure, question harcèlement…

— En se glissant dans sa chambre la nuit pour lui offrir des dessins ? lança Cordélia. Pourquoi ne se contente-t-il pas de l'étrangler dans son sommeil, de lui trancher la gorge ou de lui arracher le cœur ? (Alex faisant la grimace, elle écarta les bras, agacée.) Quoi ? J'essaye juste de vous aider !

— Oui, euh… (Giles se tourna vers Buffy.) Déstabiliser l'adversaire est une stratégie classique. Angel tente de te provoquer pour te pousser à commettre une imprudence.

— C'est l'approche « bisque bisque rage », approuva doctement Alex.

— Tout à fait, dit Giles avec une pointe d'ironie anglaise. Une fois encore, tu es parvenu à réduire une idée complexe à son expression la plus rudimentaire.

Mais Buffy n'était pas d'humeur à plaisanter.

— Giles... Angel m'a raconté une histoire liée à son passé. A l'époque où Drusilla l'obsédait, il a commencé par tuer sa famille.

Alex comprit aussitôt.

— Ta mère...

— Il va falloir que je la prévienne..., soupira Buffy. Giles, je peux lui dire la vérité ?

L'Observateur secoua la tête.

— Impossible.

— Oui : plus il y a de gens au courant, plus ça dévalue notre secret ! railla Alex.

Cordélia leva les yeux au ciel.

— Il faut pourtant que je lui dise quelque chose, insista Buffy. Que je *fasse* quelque chose. Angel peut entrer chez moi n'importe quand, et je ne suis pas toujours là pour protéger ma mère.

— Je t'ai promis de trouver un sort adéquat, lui rappela Giles.

— Et en attendant ?

— En attendant, ta mère et toi êtes les bienvenues si vous voulez faire le tour de la ville dans ma voiture, proposa gracieusement Cordélia.

Giles s'efforça de rester concentré sur le problème.

— Buffy, je comprends ton inquiétude, mais il est impératif que tu gardes la tête froide.

— Facile à dire pour vous ! s'emporta la jeune fille.

Ce n'est pas dans votre chambre qu'Angel s'introduit la nuit !

— Je sais à quel point c'est difficile pour toi, assura Giles. (Puis, voyant que Buffy écarquillait les yeux :) Enfin, j'imagine. Mais la Tueuse ne peut se permettre d'être l'esclave de ses passions. Tu ne dois pas laisser Angel te pousser à bout, aussi provocateur que soit son comportement.

— Si je comprends bien, vous me conseillez de l'ignorer et d'attendre qu'il se fatigue tout seul de son petit jeu…

Giles réfléchit.

— C'est ça, oui…, admit-il.

— Pourquoi n'a-t-elle pas droit à la remarque acerbe sur l'expression la plus rudimentaire d'une idée complexe ? s'indigna Alex. (Il jeta un regard noir à Buffy.) Chouchou de l'Observateur, va !

Le cours d'informatique de Jenny Calendar touchait à sa fin.

— N'oubliez pas que j'ai besoin du résultat de vos analyses pour vendredi, dit-elle à ses étudiants. (Puis, d'une voix plus forte, pour couvrir le bruit de la cloche :) Je veux une sortie imprimante et une copie sur disquette.

Willow s'apprêtant à sortir, Jenny tendit un bras pour la retenir.

— Willow ?

La jeune fille s'arrêta devant le bureau du professeur.

— Oui ?

— Je risque d'être un peu en retard demain. Tu crois que tu pourrais t'occuper de la classe en m'attendant ?

— Moi, donner le cours à votre place ? Ce serait génial !

— Parfait…

— Oh, mais... Et si les élèves refusent d'accepter mon autorité ? S'ils essaient de me convaincre que vous les laissez toujours sortir avant la fin de l'heure ? Et s'il y a un exercice anti-incendie... Ou un vrai incendie ?

Saisissant sa tasse de café, Jenny se pencha vers la jeune fille.

— Willow, tout se passera bien, dit-elle d'une voix apaisante. Et je tâcherai de ne pas arriver trop tard.

— D'accord, ça me va... (Le visage de Willow s'éclaira soudain.) Est-ce que je pourrai distribuer des devoirs et des heures de colle ? Ou leur faire faire des pompes ?

Sur le seuil de la classe, Buffy appela d'une voix tendue :

— Willow !

— Bonjour, Buffy, dit Jenny d'un ton hésitant. Rupert...

Giles semblait très mal à l'aise. Ignorant Mlle Calendar, Buffy se concentra sur Willow.

— J'ai l'intention d'assister à quelques cours aujourd'hui, et j'ai besoin qu'on me montre le chemin de ma salle...

Willow baissa la tête et suivit son amie en murmurant :

— Désolée, mais je suis obligée de lui parler. C'est une prof, et il faut respecter les profs, même quand ils vous ont planté un couteau dans le dos. Sinon, ce serait le chaos total et...

Jenny Calendar blêmit en entendant le commentaire de Willow.

*Je l'ai bien mérité,* pensa-t-elle.

Elle saisit son courrier et le parcourut du regard.

Puis elle réalisa que Rupert était toujours là. Il entra

dans la salle, l'air encore plus misérable qu'elle. C'était la première fois qu'ils se retrouvaient seuls depuis qu'il lui avait ordonné de s'en aller, la nuit où Buffy avait détruit le Juge.

Pleine d'espoir et très nerveuse, Jenny demanda :

— Alors, comment ça va ?

— Pas très bien, avoua Giles. Depuis qu'Angel a perdu son âme, il est devenu extrêmement... *joueur*.

*Il me parle,* songea Jenny, sentant son estomac se nouer. *Ça doit signifier qu'il m'a un peu pardonnée.*

— Tout ça s'annonce mal, dit-elle malgré son plaisir de s'entretenir de nouveau avec Rupert.

— Il est entré dans la maison de Buffy, précisa Giles. Je dois trouver un sort pour le tenir à l'écart.

Jenny tendit la main vers le volume à la couverture en piteux état qui reposait sur son bureau.

— Ça pourrait vous aider, dit-elle. J'ai fait quelques recherches depuis la transformation d'Angel. (Baissant les yeux sur la couverture, elle ajouta :) Je ne crois pas que vous ayez ce livre-là.

Giles parut touché.

— Merci.

Il ouvrit l'ouvrage et le feuilleta. Jenny chercha désespérément un moyen de relancer la conversation pour qu'il ne s'en aille pas tout de suite.

— Alors, comment va Buffy ?

Prétexte ou pas, elle s'inquiétait sincèrement pour la jeune fille.

Giles referma le livre, garda un instant les yeux baissés, puis leva le menton et répondit froidement :

— A votre avis ?

Ils se défièrent du regard.

Jenny soupira et détourna les yeux.

— Je sais que vous vous sentez trahi, murmura-t-elle.

— C'est une des conséquences déplaisantes de la trahison...

— Rupert, j'ai été élevée par le peuple qu'Angel a fait le plus souffrir. La première chose qu'on m'a enseignée, c'était mon devoir envers les miens. Je ne suis pas venue ici pour faire du mal... Si je vous ai menti, c'est parce que je croyais que c'était la meilleure solution.

La gorge de Jenny se serra.

— Je ne pouvais pas prévoir ce qui se passerait... Je ne pouvais pas prévoir que je tomberais amoureuse de vous !

Ils s'étaient rencontrés un an plus tôt, à l'époque où elle dirigeait un projet visant à numériser tous les ouvrages de la bibliothèque. A cette occasion, Willow Rosenberg — une de ses meilleures élèves — avait accidentellement lâché un démon sur Internet. Sans aller jusqu'à compromettre sa couverture, Jenny avait jugé bon de révéler qu'elle était une technopaïenne.

A partir de là, sa relation avec Rupert s'était développée, et elle avait refusé de penser au jour où elle devrait lui révéler sa véritable identité et les raisons de sa présence à Sunnydale.

Jenny leva les yeux vers son interlocuteur, qui ne broncha pas.

Elle se sentit humiliée.

— Oh, mon Dieu, soupira-t-elle. Je suppose qu'il est trop tard pour revenir sur ce que j'ai dit ?

— Le souhaitez-vous ? demanda Giles.

— Tout ce que je souhaite, c'est que les choses redeviennent comme avant. Je n'en espère pas davantage. J'ai tellement envie de me faire pardonner...

— Je comprends, dit Giles sur un ton prudent, mais non dénué de douceur. Ce n'est pas à moi de vous pardonner... (Il sourit.) Merci quand même pour le livre.

Il sortit sans rien ajouter.

Il y avait du poulet rôti, de la salade, du pain et des frites. Pourtant, Buffy ne toucha pas à son assiette.

N'y tenant plus, Joyce demanda :

— D'accord, qu'est-ce qui ne va pas ?

La jeune fille fut prise au dépourvu.

— Rien... Rien du tout...

— Tu sais bien que tu peux tout me dire, insista sa mère. J'ai lu un tombereau de bouquins sur l'éducation des adolescents. Tu ne peux pas me surprendre.

*Je te parie que si*, songea Buffy.

Mais la question n'était pas là. Joyce était sa mère ; en principe, elle aurait dû pouvoir lui parler.

Elle posa sa fourchette et se jeta à l'eau :

— Tu te souviens de ce garçon, Angel ?

— Angel ? L'étudiant qui te donnait des cours particuliers d'histoire ?

*C'est ce que je t'ai raconté quand tu l'as rencontré. Je ne me voyais pas t'avouer qu'il venait de me sauver la vie face à trois tueurs vampires.*

— Hum, oui. Lui et moi... on sortait plus ou moins ensemble.

Buffy haussa les épaules, l'air désolé.

*Mais on a dû arrêter parce qu'il s'est transformé en démon.*

Sa mère la gratifia d'un regard compréhensif.

— Laisse-moi deviner. Il a changé. Ce n'est plus le garçon dont tu es tombée amoureuse.

*Mon Dieu, pourquoi ai-je lancé cette conversation ?*

— C'est exactement ça, dit Buffy. Et depuis, il me suit partout. Il a du mal à renoncer à moi.

Une ombre passa sur le visage de Joyce.

— Buffy, est-ce qu'il a essayé de... ?

— Non, ce n'est pas ce que tu crois.

*Je n'aurais jamais dû lui en parler. Je ne peux pas lui dire la vérité.*

— C'est juste qu'il traîne souvent dans le coin... Il n'arrête pas de m'envoyer des petits mots, ce genre de choses. Je n'ai pas très envie de le voir. Mais s'il vient ici, je lui parlerai, ajouta Buffy pour ne pas que Joyce s'inquiète. (Puis, sur un ton qui se voulait détaché :) Mais ne l'invite pas à entrer, d'accord ?

*Je t'en supplie, maman !*

Dans son pyjama, le téléphone coincé entre l'oreille et l'épaule, Willow se préparait pour la nuit.

— Je suis d'accord avec Giles, dit-elle à Buffy. Il ne faut pas que tu le laisses te perturber. Angel agit ainsi pour te pousser à commettre une erreur. Les garçons peuvent être tellement idiots parfois... Morts ou vivants, d'ailleurs.

Elle éteignit son ordinateur portable.

A l'autre bout de la ligne, Buffy répondit :

— J'espère que Giles découvrira très vite un sort pour le tenir à l'écart de chez moi. Je dormirai plus tranquille quand je saurai ma mère en sécurité.

— Oh, je suis sûre qu'il trouvera, dit Willow, rassurante, en jetant une pincée de nourriture pour poissons dans le nouvel aquarium qu'on lui avait offert pour Hanoukah. C'est le spécialiste des recherches. Jusque-là, tâche de rester positive et...

La jeune fille s'interrompit en remarquant une enveloppe marron sur son couvre-lit multicolore.

— Et quoi, Willow ? s'impatienta Buffy.

Willow ouvrit lentement l'enveloppe. A l'intérieur, il y avait du fil de pêche. Les sourcils froncés, elle tira sur une extrémité... et comprit pourquoi elle n'avait vu aucun mouvement dans l'aquarium.

Ses poissons, tous morts, s'alignaient sur le fil de pêche...

Willow alla se réfugier chez Buffy.
Des guirlandes d'ail pendaient un peu partout dans la chambre de son amie. Tandis qu'elles bavardaient, assises sur le lit, Willow serrait un pieu pointu sur son cœur.

— Merci de me laisser dormir chez toi, dit-elle. Surtout un soir de semaine, alors qu'il y a école demain.

— Pas de problème, lui assura Buffy. Au fait, je suis désolée pour tes poissons.

— Ça ira, fit tristement Willow. On n'avait pas vraiment eu le temps de faire connaissance. (Elle plissa le nez.) Pour une fois, je suis contente que mes parents aient toujours refusé de m'acheter un chien.

Buffy baissa les yeux.

— C'est tellement étrange, murmura-t-elle. Dès qu'il se passe un truc de ce genre, mon premier réflexe est de vouloir en parler avec Angel. Je n'arrive pas à croire qu'il soit devenu si différent du garçon que j'ai connu...

— A une chose près, rappela Willow.

Buffy la dévisagea.

— Laquelle ?

— Tu restes sa seule obsession.

Sous le couvert des ombres, Angélus regardait Drusilla entrer dans l'usine désaffectée avec un petit chien blanc à poils longs caché dans le dos. Son visage s'éclaira quand elle aperçut Spike, qui boudait dans sa chaise roulante.

— Je t'ai amené quelque chose, ronronna-t-elle en lui tendant le chiot.

Son compagnon ne daigna pas lui jeter un regard.

— Pauvre petite bête, dit Dru. Elle est orpheline. Son propriétaire est mort... sans pousser un cri.

Elle fit la grimace et, glissant une main dans l'encolure du T-shirt noir de Spike, se pencha vers lui.

— Ce chien te plaît ? Je l'ai amené pour que tu t'amuses avec. Et je l'ai baptisé Rayon-de-Soleil, dit-elle d'une voix chantante comme les mères utilisent avec leur bébé.

Angélus réprima un gloussement en voyant Spike serrer les dents avec une irritation grandissante.

— Ouvre grand la bouche, l'encouragea Drusilla. (Spike détourna la tête.) Allons, tu as besoin de manger pour reconstituer tes forces.

Elle souleva le chien comme un avion miniature et, poussant un grognement, mima un atterrissage dans un hangar.

— Ouvre grand pour maman...

— Je refuse que tu me nourrisses comme un enfant, Dru ! cria Spike.

Il poussa sa chaise roulante un peu plus loin.

*C'est le signal que j'attendais*, songea Angélus en sortant de sa cachette.

— Pourquoi pas ? demanda-t-il, désinvolte. Elle te lave, te porte et te change déjà comme un enfant.

Il sourit à Drusilla.

*Si un regard pouvait tuer, je serais réduit en poussière*, pensa-t-il joyeusement alors que Spike le fusillait de ses prunelles noires.

— Mon ange ! Où étais-tu passé ? roucoula Drusilla. Le soleil est presque levé, et il peut faire si mal... Nous étions inquiets pour toi.

— Pas moi ! cracha Spike avec un regard haineux pour Angel.

— Il faut lui pardonner : il est un peu grognon ce

soir. C'est parce qu'il ne sort plus beaucoup, précisa Drusilla en couvant son petit ami d'un regard apitoyé.

Angélus se pencha en avant, déterminé à blesser Spike autant que possible. C'était presque trop facile, mais il n'allait pas cracher sur son plaisir.

— La prochaine fois, je t'emmènerai peut-être avec moi, proposa-t-il, méprisant. Tu peux toujours servir, surtout si j'ai besoin d'une place de parking.

— As-tu oublié que je suis ici chez moi, et que tu es mon invité ? grogna Spike.

— Bien sûr que non. En bon invité, si je peux faire quoi que ce soit pour toi... Prendre n'importe quelle responsabilité pendant que tu te balades sur ta petite chaise... Je parle de celles dont je ne me charge pas déjà, précisa Angélus en jetant un regard libidineux à Drusilla.

— Ça suffit ! cria Spike.

Angélus éclata de rire.

*Il est si facile à manipuler ! Comme une marionnette entre mes mains...*

— Oooh, les réprimanda Dru.

Elle embrassa Spike sur la joue et posa le chiot sur ses genoux. Son petit ami continua à fixer Angélus pendant qu'elle s'éloignait, visiblement ravie.

— Deux hommes qui se battent pour moi, gloussa-t-elle, s'arrêtant près de la table et laissant courir ses doigts délicats sur le devant de son corset. Je me sens toute...

Puis elle poussa un cri de terreur enfantine. Sa main gauche tendue devant elle, elle haleta, comme si elle souffrait atrocement.

— Dru ? Qu'y a-t-il, poussin ? demanda Spike.

Les yeux dans le vague, la vampire contemplait un lieu qu'elle seule voyait...

— L'air... il s'inquiète. Quelqu'un... un vieil ennemi... cherche à détruire notre maison.

Au bord des larmes, Dru se retint au dossier d'une chaise pour ne pas tomber.

Les clochettes de bronze suspendues au-dessus de la porte de l'*Antre du Dragon* tintinnabulèrent quand Jenny Calendar entra et regarda autour d'elle.

La boutique de magie était remplie de perles, de prismes, de flacons contenant des fœtus de cochon et d'autres curiosités. Des chandelles noires diffusaient une lueur écarlate et une odeur d'encens planait dans l'air.

— Bienvenue, lui dit le vendeur chauve.

L'air vaguement oriental, il portait une chemise et un pantalon blancs. Une amulette et des colliers de perles jaunes pendaient à son cou.

— Que puis-je faire pour vous ? Vous cherchez un philtre d'amour, une poupée vaudou pour punir un infidèle, un...

— J'ai besoin d'une boule de Thésulah, coupa Jenny.

Aussitôt, le vendeur renonça à son petit jeu.

— Vous êtes de la partie..., constata-t-il. Suivez-moi. Désolé pour le baratin, mais à l'approche de la Saint-Valentin, beaucoup de touristes viennent m'acheter de quoi se venger de leurs ex. (Il haussa les épaules.) C'est triste à dire, mais les planches oui-ja et les pattes de lapin payent mon loyer.

Il contourna une vitrine remplie de décanteurs de porcelaine blanche et, écartant un rideau, farfouilla dans le placard que celui-ci dissimulait.

— Comment avez-vous entendu parler de nous ?

Jenny promena un regard distrait sur un assortiment de cristaux et de pierres runiques.

— Par mon oncle Enyos, répondit-elle.

Le vendeur saisit un coffret d'acajou.

— Dans ce cas, vous devez être Janna. Toutes mes condoléances.

— Merci.

— Votre oncle était un bon client... (L'homme posa le coffret sur le comptoir.) Nous y voilà. Une boule de Thésulah.

Théâtral, il souleva le couvercle, révélant un petit orbe de cristal niché dans du velours noir.

— Réceptacle spirituel pour le Rituel des Morts-Vivants...

Jenny examina l'artefact d'un œil exercé. C'était exactement ce qu'il lui fallait. Elle tendit sa carte de crédit au vendeur tandis qu'il continuait à bavarder.

— On ne m'en demande pas souvent. L'an dernier, j'en ai vendu deux ou trois pour servir de presse-papier New Age. (Il introduisit la carte dans sa machine.) J'adore les illuminés. Ce sont eux qui m'ont permis d'envoyer mon plus jeune fils à l'université.

Puis il prit un ton beaucoup plus professionnel.

— Vous savez, j'espère, que la transcription du Rituel des Morts-Vivants a été égarée — il en reste à peine quelques fragments —, et que la boule ne vous servira pas à grand-chose sans elle, dit-il en tendant le reçu à Jenny.

— Je sais, oui, murmura la jeune femme avant de griffonner une signature.

Elle détacha son exemplaire du reçu et remit les deux autres au vendeur.

— Je vous en parle parce que nous ne reprenons pas la marchandise, précisa son interlocuteur. Ni échange ni remboursement.

— Ça ira, assura Jenny, fourrant le reçu dans son sac pendant que le vendeur fermait le coffret. Je travaille sur un programme informatique qui me permettra de traduire le vieux roumain de la liturgie originelle à partir des fragments dont nous disposons.

Son interlocuteur croisa les mains.

— Ah. Je n'aime pas les ordinateurs. Ils me font froid dans le dos.

Jenny prit le coffret et le serra sur sa poitrine.

— Merci beaucoup.

Elle était presque sortie de la boutique quand le vendeur la rappela.

— Au fait, ça ne me regarde pas, mais que comptez-vous demander si vous parvenez à traduire le texte ?

Jenny souleva le couvercle pour admirer l'orbe à la lumière du soleil.

— Un cadeau pour un de mes amis, répondit-elle.

— Vraiment ? Qu'allez-vous lui offrir ?

Dans la main de la jeune femme, la boule de Thésulah projetait une douce lueur qui se reflétait sur son visage et dans ses yeux.

— Son âme, dit-elle simplement.

# CHAPITRE II

Vêtu d'un pantalon à carreaux, Alex rattrapa Willow et Buffy alors qu'elles se joignaient à la foule des lycéens qui convergeaient sans enthousiasme vers les portes du lycée de Sunnydale.

— Bonjour, mesdemoiselles. Qu'avez-vous fait hier soir ?

— Une petite réunion entre filles armées jusqu'aux dents, dit Willow.

— Oh… Et je suppose qu'aucune de vous n'a eu la présence d'esprit d'immortaliser ce moment sur une cassette ?

Buffy eut un pâle sourire ; Willow était trop préoccupée pour réagir.

— Je dois me dépêcher. J'ai un cours à donner dans cinq minutes, et je veux arriver en avance pour foudroyer les retardataires du regard.

Elle se décomposa soudain en apercevant Jenny Calendar qui traversait la pelouse d'un pas vif…

— Et zut ! Elle est là. Cinq heures de préparation qui s'envolent en fumée…

Elle s'éloigna, l'air déçu, pendant que Buffy regardait Mlle Calendar et murmurait à Alex :

— Tu sais quoi ? On se verra en cours.

Elle avança vers le professeur.

— Salut…

— Salut, répondit Jenny, surprise mais pleine d'espoir. Je peux faire quelque chose pour toi ?

— Ecoutez, je sais que vous vous sentez coupable, et je voulais juste vous dire...

Buffy s'interrompit.

*Non, je n'y arrive pas. Je ne peux pas faire semblant de lui avoir pardonné.*

— Que c'est très bien comme ça, acheva-t-elle. Continuez.

Le chagrin qu'elle lut sur le visage de Jenny lui fit presque autant honte que la réponse de la jeune femme :

— Ne t'inquiète pas. C'était mon intention.

— Attendez, coupa Buffy.

Elle devait dire quelque chose. Mais quoi ?

— Vous lui manquez, lança-t-elle. Il ne me l'a pas dit, mais je le sais. Je ne veux pas qu'il se sente seul... Je ne souhaite ça à personne.

Mlle Calendar se détendit un peu.

— Buffy, si j'avais la moindre chance de me racheter...

— On se débrouillera sans vous ! coupa la jeune fille, sa froideur reprenant le dessus.

*Giles et elle, c'est une chose. Elle et moi, c'en est une autre.*

Giles était occupé à distribuer des affiches à une poignée de lycéens.

— Vous pouvez les coller quelque part ? Merci beaucoup.

Son visage s'éclaira quand il vit Buffy.

— Alors, la nuit a été bonne ?

— Sans sommeil, répondit honnêtement la jeune fille. Mais sans pertes humaines non plus. C'est déjà ça.

— J'ai découvert un rituel pour annuler une invitation faite à un vampire, annonça Giles.

Cordélia les rejoignit, l'air soulagé.

— Dieu merci ! s'exclama-t-elle. J'ai dû convaincre ma grand-mère d'échanger nos voitures, hier soir.

Giles cligna des yeux, incrédule, puis continua :

— En réalité, le rituel est assez simple. Il consiste à réciter quelques couplets, à brûler des herbes, à pulvériser de l'eau bénite…

— J'ai tout ça à la maison, dit Buffy.

— … A suspendre des crucifix…

Ils continuèrent de marcher.

*Est-ce que ça compte si on les dissimule ?* se demanda Willow en finissant de clouer un crucifix derrière ses rideaux à carreaux.

— Je vais avoir du mal à expliquer ça à mon père, gémit-elle.

Buffy fronça les sourcils.

— Tu crois vraiment que ça l'embêtera ?

— La fille unique d'Ira Rosenberg qui accroche des croix dans sa chambre ? lança Willow sur un ton où se mêlaient de l'affection et de la lassitude. Tous les ans, il faut que j'aille chez Alex pour revoir *Le Noël de Charlie Brown* !

— Je comprends, grogna Buffy.

— Mais ça vaut le coup, rien que pour le voir exécuter sa danse de Snoopy, ajouta Willow en souriant.

Cordélia, qui faisait le tour de la chambre en touchant à tout, crut bon de dire :

— Willow, tu es au courant qu'il n'y a pas de poissons dans ton aquarium ?

La jeune fille blêmit.

Buffy s'interposa.

— Cordélia, nous nous sommes déjà occupées de ta voiture. Tu peux y aller, si tu veux.

— D'accord... Et merci. Tu sais que j'en ferais autant pour vous si vous aviez un semblant de vie sociale.

Cordélia prit son manteau sur le lit. Dessous traînait une enveloppe brune.

Willow et Buffy se regardèrent.

D'un geste un peu trop vif, la première ouvrit l'enveloppe et en tira une feuille du papier à lettre désormais familier.

Elle la déplia et se raidit.

— Je crois que c'est pour toi, dit-elle à Buffy.

Son amie prit la feuille. C'était un autre dessin d'Angélus. Il représentait sa mère endormie.

*Ou peut-être pas endormie...*

— Maman, souffla Buffy.

Angélus attendait dans l'allée quand Joyce Summers rentra enfin.

Il s'approcha d'elle pour lui ouvrir la portière pendant qu'elle coupait le contact.

— Mme Summers, dit-il, prenant son air le plus angoissé. Il faut que je vous parle.

— Vous êtes... Angel, constata Joyce poliment.

Mais elle était sur ses gardes.

Angélus referma la portière derrière elle. Il ne lui proposa pas de porter le sac en papier qui contenait ses emplettes : en cas de besoin, ça la ralentirait.

— Que vous a raconté Buffy au sujet de notre relation ?

— Elle m'a dit qu'elle voulait que vous la laissiez tranquille, répondit Joyce.

*Une bonne mère. Comme c'est charmant...*

— Je ne peux pas, répliqua Angélus en souriant.

Joyce resta de marbre.

— Vous lui faites peur.

— Vous devez m'aider, insista Angélus. (S'avisant qu'elle le distançait, il pressa le pas pour la rattraper.) Joyce, j'ai besoin d'elle. Vous pouvez la convaincre. Vous *devez* la convaincre.

Il parlait très vite, cherchant à paraître désemparé.

*Du moment que ça marche...*

Ça marchait. Joyce s'arrêta pour le dévisager. Elle semblait déjà moins sûre d'elle et un peu effrayée.

— Je vous ai dit de la laisser tranquille.

— Vous devez lui parler, répéta Angélus. Lui dire que j'ai besoin d'elle.

— S'il vous plaît... Laissez-moi passer. Je veux rentrer chez moi.

Joyce le contourna, semblant sur le point de se mettre à courir. Angélus réprima un ricanement. Il la rattrapa et la bouscula, imitant à la perfection la maladresse. Le sac en papier échappa des mains de la femme et des oranges roulèrent sur le sol comme des boules de billard.

— Vous ne comprenez pas, Joyce. (Il ramassa quelques fruits.) Je mourrai sans Buffy. Et elle mourra sans moi.

Joyce, qui s'était penchée pour rassembler ses provisions, se figea.

— C'est une menace ? demanda-t-elle.

— Je vous en prie... Pourquoi me torture-t-elle ainsi ?

Angélus sentait grandir la peur de sa victime de seconde en seconde.

— Partez, ou j'appelle la police !

Joyce se redressa et gravit les marches du porche d'un pas vif. D'une main tremblante, elle tenta d'introduire sa clé dans la serrure.

Sans succès.

Angélus la rejoignit, un sourire aux lèvres. Le moment était venu de lui porter le coup de grâce.

— Je n'arrive plus à dormir depuis la nuit où nous avons fait l'amour, dit-il tristement.

Joyce tourna la tête vers lui.

*Je te tiens...*

— J'ai besoin d'elle. Je sais que vous comprenez.

Incapable de réagir, Joyce resta muette quelques instants. Puis elle poussa la porte et se rua à l'intérieur en criant :

— Fichez-nous la paix !

*Et maintenant, il ne me reste plus qu'à...*

Mais quand Angélus tenta de franchir le seuil, il se heurta à un mur invisible et lâcha un hoquet de surprise.

Buffy et Willow descendaient l'escalier.

Willow tenait un grimoire ouvert et récitait une incantation en latin.

— *Verbes, consenus rescissus est.*

Buffy le dévisagea, la haine déformant son joli minois.

— Désolée, Angel. J'ai changé les serrures.

Et elle lui claqua la porte au nez.

Dans le labo informatique du lycée, Jenny sirota une gorgée de sa tisane et saisit une instruction, le regard rivé à son écran pour voir ce qui se passerait.

Elle sursauta quand Giles apparut dans l'encadrement de la porte et lança :

— Bonsoir.

— Oh... Bonsoir.

Ravie, Jenny ferma son fichier et sourit au bibliothécaire, qui entra d'un pas hésitant.

— Vous travaillez tard...

— J'ai un projet spécial en cours, dit la jeune femme

en croisant les jambes. (Doucement, elle ajouta :) J'ai parlé avec Buffy aujourd'hui.

Giles parut s'en réjouir.

Il s'approcha et s'assit sur le coin du bureau.

— Et… ?

Jenny s'empara d'un crayon histoire de s'occuper les mains et murmura, séductrice :

— Elle a dit que je vous manquais.

— Elle se mêle toujours de ce qui ne la regarde pas, marmonna Giles.

Venant de lui, ça équivalait à admettre que Buffy avait raison.

— Rupert…, commença Jenny.

Il la dévisagea.

*Ce n'est pas le moment de te laisser distraire*, se morigéna-t-elle.

— Ecoutez, je préfère ne pas crier victoire au cas où je me tromperais, mais je pense avoir du nouveau. Pour l'instant, il faut que je finisse un travail sur mon ordinateur. (Prenant son courage à deux mains, elle ajouta :) On pourrait peut-être se voir plus tard ?

— Pourquoi pas ? Vous n'avez qu'à passer chez moi dans la soirée.

— Avec plaisir !

— Parfait…

Dissimulant son excitation à grand-peine, Giles inclina la tête et prit congé. Sur le seuil du laboratoire, il se retourna pour regarder la jeune femme une dernière fois.

Jenny lui sourit et se remit au travail.

Le propriétaire de l'*Antre du Dragon* venait d'éteindre l'enseigne au néon quand quelqu'un entra.

*Et zut*, songea-t-il, jetant à peine un regard à sa cliente pendant qu'il soufflait les bougies.

— Désolée, mademoiselle. Nous sommes fermés.

Puis il se retourna et découvrit la vampire qui se tenait sous la lumière des réverbères, un petit chien blanc gigotant entre ses bras. Quand elle avança d'un pas léger, il crut qu'il allait mouiller son pantalon.

— Que... que voulez-vous ?

— Mademoiselle Rayon-de-Soleil m'a dit que vous aviez eu une visiteuse aujourd'hui, déclara la vampire d'une voix douce. (Son regard se fit vague.) Et elle s'inquiète, parce que... (Elle se concentra sur le vendeur, qui sentit son sang se figer dans ses veines.) Elle veut savoir de quoi vous avez parlé avec le méchant professeur.

L'homme ne se fit plus d'illusions. D'une façon ou d'une autre, il lui dirait tout ce qu'elle voulait savoir.

En bonne informaticienne, Jenny perdit vite le compte des heures qui passaient pendant sa transcription du Rituel des Morts-Vivants.

Assise dans la pénombre, elle n'avait conscience que de son clavier et de son écran. Elle appuya sur la touche « Sélectionner Tout », sauvegarda son travail et tritura nerveusement un crayon en murmurant :

— Allez, dépêche-toi...

La moitié droite de l'écran se remplit de texte. Jenny le fit défiler et comprit aussitôt qu'elle avait réussi.

— Ça y est ! s'exclama-t-elle.

Elle éclata de rire et copia sa traduction sur une disquette.

— Ça va marcher ! Je suis sûre que ça va marcher !

*Ma vieille, tu es un vrai génie !* se félicita-t-elle en lançant l'impression.

Elle fit rouler sa chaise jusqu'à la vieille imprimante à jet d'encre et la regarda cracher laborieusement des feuilles couvertes de petits caractères.

Puis elle leva les yeux et sursauta.

Assis dans la salle de classe, un sourire aux lèvres, Angélus observait Jenny.

— Angel...

Luttant contre la panique, la jeune femme se leva et battit en retraite vers la porte.

— Comment es-tu entré ? demanda-t-elle, histoire de gagner du temps.

— J'ai été invité, répondit le vampire, faussement candide. Vous vous souvenez de la pancarte, à l'entrée du lycée ? *Formatia trans sicere educatorum.*

— « Entrez, vous qui cherchez le savoir », traduisit Jenny.

Angélus ricana et se leva.

— Eh oui, je suis avide de connaissances.

Les mains tendues, il approcha de Jenny.

Elle tenta de cacher son affolement.

— Angel, lâcha-t-elle, j'ai une bonne nouvelle pour toi.

— Je sais, dit-il comme s'il s'adressait à une enfant. Vous êtes allée faire des courses dans une ridicule petite boutique de magie.

Une lueur, sur le bureau de Jenny, attira son attention. Il saisit la sphère de cristal et baissa la voix.

— Une boule de Thésulah. Si ma mémoire est bonne, elle permet de rappeler une âme de l'éther et de l'y garder jusqu'à son transfert.

Angélus leva l'orbe.

— Vous savez ce que je déteste le plus avec ces trucs ? demanda-t-il sur un ton badin.

Il projeta la boule contre le tableau noir, où elle se brisa en mille morceaux, dangereusement près de la tête de Jenny.

La jeune femme cria et s'écarta.

Angélus éclata de rire.

— Ils sont tellement fragiles ! On ne peut pas dire que les Gitans se distinguent par la qualité de leur artisanat...

Jenny se força à réagir, cherchant à tâtons la poignée de la porte dans son dos.

*Oh mon Dieu, il va me tuer ! Je ne peux pas me laisser faire...*

Angélus regarda l'ordinateur de la jeune femme.

— Voir combien le monde a changé en deux siècles et demi ne cesse de m'étonner, confia-t-il.

Jenny saisit la poignée en se retenant à grand-peine de hurler.

La porte était fermée !

— Je trouve ça miraculeux, confia Angélus, les yeux écarquillés. Cette boîte de plastique contient le secret qui permettrait de me rendre mon âme...

Il fit tomber l'ordinateur sur le sol. L'écran se brisa, et des flammes jaillirent aussitôt des débris.

— Et elle peut le faire sortir par ici, continua Angélus en déchirant le listing de l'imprimante. Le Rituel de Restauration... Je suis impressionné. (Il ricana.) Ça me rappelle des tas de souvenirs...

Il déchira le document en deux.

— Attends ! protesta Jenny. C'est ton...

— Oh. Mon « remède » ? (Avec une grimace d'excuse, Angélus continua à déchirer les feuilles.) Non, merci. Je suis déjà passé par là, et même le *déjà-vu* a perdu de son charme...

« On dirait que c'est mon jour de chance, ajouta-t-il en tenant les morceaux de papier au-dessus de l'écran en flammes. C'est ce qui s'appelle faire d'une pierre deux coups...

Il lâcha les feuilles dans le feu et, s'accroupissant, fit mine de s'y réchauffer les mains.

Le cœur de Jenny battait à tout rompre. Elle était si terrifiée que sa vue se brouillait.

*Fiche le camp !* s'ordonna-t-elle en se dirigeant vers l'autre porte du laboratoire.

Angélus se tourna vers elle. Il avait pris son aspect vampirique.

— Et même trois, si on compte le joli professeur, ricana-t-il.

*Maintenant ! C'est ma seule chance...,* pensa Jenny en s'élançant vers la porte.

Angélus bondit, la rattrapa facilement et se servit de sa force surnaturelle pour la projeter contre le battant. Le souffle coupé, Jenny sentit la porte s'ouvrir derrière elle et glissa sur le sol.

Elle était sonnée, mais l'adrénaline la poussa à se remettre debout.

Angélus avançait lentement vers elle.

Le front ruisselant de sang, Jenny se releva et, haletante de peur, s'élança dans le couloir.

— Génial, se réjouit Angélus. Un peu d'exercice pour me mettre en appétit, j'adore !

Jenny courait éperdument, ses talons aiguilles claquant sur les carreaux. Elle atteignit les premières portes battantes, tourna à droite, longea les vestiaires et redoubla de vitesse pour atteindre la sortie la plus proche.

Verrouillée !

Rebroussant chemin, la jeune femme vit l'ombre d'Angélus se profiler derrière les panneaux de verre de la double porte. Elle sprinta dans la direction opposée, balançant les coudes comme une championne olympique. Jetant un coup d'œil par-dessus son épaule, elle vit que son poursuivant gagnait du terrain. L'ombre et la lumière dansaient sur son visage monstrueux.

Telle une proie acculée, Jenny fut contrainte de se rabattre sur une autre sortie. Un instant, elle crut que celle-là aussi était verrouillée.

Mais le battant finit par céder.

La jeune femme avait perdu trop de temps… Angélus lui sauta dessus, grognant comme un animal. Elle parvint quand même à lui échapper et à lui refermer la porte au nez.

Les néons projetaient une lueur bleue et froide tandis qu'ils couraient et que Jenny perdait sans cesse du terrain. Avisant le chariot du concierge, elle le poussa de toutes ses forces vers Angélus. Déséquilibré, le vampire bascula en arrière et atterrit sur le sol avec un bruit sourd.

Jenny en profita pour s'engager dans l'escalier le plus proche. Arrivée sur le palier, elle passa en trombe devant une fenêtre semi-circulaire. Dehors, les lampadaires éclairaient les voitures qui longeaient l'avenue, indifférentes au drame en train de se jouer.

Puis la jeune femme fonça tête baissée dans Angélus. *Comment… ?* eut-elle à peine le temps de se demander avant que toute pensée cohérente ne déserte son esprit.

Elle écarquilla les yeux quand les doigts glacés du vampire se posèrent sur ses lèvres pour l'empêcher de crier.

Angélus éclata d'un rire inhumain. Jenny ne pouvait plus respirer, ni même cligner des paupières.

*Rupert…*

— Désolée, Jenny. Terminus, tout le monde descend, dit Angélus.

Puis il lui brisa la nuque.

Son cou fit un bruit « intéressant ».
Son corps aux courbes séduisantes s'écroula sur le sol.
Angel inclina la tête.

— Je ne m'en lasserai jamais, murmura-t-il.

Sans un regard pour le cadavre, il se détourna et s'en fut.

# CHAPITRE III

Quelqu'un frappa à la porte des Summers et Willow alla répondre.

C'était Giles.

— Chère Willow, salua le bibliothécaire avec une affabilité typiquement anglaise. Bonsoir.

— Bonsoir. Entrez.

Elle était de très bonne humeur parce qu'elle venait de voir de ses yeux l'efficacité du rituel.

*Angélus ne peut plus faire de mal à personne,* songea-t-elle.

— Voilà votre bouquin, dit-elle en lui rendant le grimoire de Jenny.

— Parfait. Je m'occuperai de mon appartement dès ce soir. Tout s'est bien passé ?

— Très bien... jusqu'au moment où Angel est venu pour raconter à la mère de Buffy qu'elle et lui avaient... (Embarrassée, elle détourna les yeux.) Enfin, qu'ils avaient... Vous savez quoi.

Elle n'arrivait pas à le dire. Puis elle songea : *Oh oh ! J'ai peut-être fait une gaffe.*

— Vous savez quoi, n'est-ce pas ? insista-t-elle.

Giles cligna des yeux.

— Oh, oui. Désolé...

— Ah, tant mieux, dit Willow avec un soupir de soulagement. Comme vous êtes bibliothécaire, ça aurait pu vous passer au-dessus de la tête.

— Je te remercie beaucoup, lâcha Giles, vexé.

— Mais vous auriez été fier d'elle, ajouta Willow. Elle a su garder son calme.

La jeune fille haussa les épaules et eut un sourire penaud.

— Bon, eh bien... Je dirai à Buffy que vous êtes passé.

Giles leva les yeux vers l'escalier.

— Tu crois que je devrais parler à Mme Summers pour plaider la cause de Buffy ?

*Il est si gentil*, pensa Willow.

— Bien sûr, pourquoi pas ? Que comptez-vous lui dire ?

Giles ouvrit la bouche mais n'émit pas un son.

Dissimulant un sourire, Willow lui ouvrit la porte pour lui permettre de s'éclipser dignement.

Il eut l'air reconnaissant.

— Tu diras à Buffy que je suis passé ?

— Vous pouvez compter sur moi, assura Willow en refermant derrière le bibliothécaire.

Une atmosphère orageuse régnait dans la chambre. Assise sur son lit, Buffy regardait sa mère faire les cent pas.

— Cette histoire de latin et d'herbes... Il est superstitieux, c'est tout, dit-elle.

— Je vois.

L'air peu convaincu et déçue que sa fille lui sorte un mensonge pareil, Joyce s'assit devant la coiffeuse.

— On pensait juste que..., commença Buffy.

Joyce posa les mains à plat sur ses genoux et inspira à fond.

— C'était le premier ? Non, attends.

Elle se leva et recommença à arpenter la pièce.

— Je ne veux pas savoir. Je crois qu'il vaut mieux pas…

— Oui, répondit Buffy, très lasse.

*Il y a trop de choses à expliquer. Beaucoup plus que ce qu'une adolescente ordinaire devrait raconter à sa mère.*

— Il a été le premier… Je veux dire, le seul.

— Il est plus vieux que toi…

Buffy était trop nerveuse pour relever l'ironie involontaire de ces propos.

— Je sais, répondit-elle simplement.

— Trop vieux, insista Joyce. Et pas très stable, en plus. J'aurais souhaité que tu fasses preuve d'un meilleur jugement.

Ça faisait si mal de ne pas pouvoir se défendre. Ni expliquer ce qu'ils avaient vécu ensemble. Ils avaient failli mourir, pensant que l'humanité vivait ses derniers instants…

— Il n'était pas comme ça avant, dit Buffy.

*Ce n'était pas un démon !*

— Es-tu amoureuse de lui ?

— Je l'étais.

— Avez-vous été prudents ?

La jeune fille frémit. Ce genre de question appartenait à une autre vie que la sienne.

— Maman, ce n'est pas le problème…

— Ne me parle pas sur ce ton, Buffy ! Tu ne t'en tireras pas comme ça. Tu as couché avec un garçon alors que tu n'avais même pas jugé bon de m'informer que tu sortais avec lui !

— J'ai fait une erreur, admit piteusement la jeune fille.

— J'espère que tu ne dis pas ça seulement pour me calmer. Parce que c'est vraiment une erreur !

— Je sais bien, mais... Je ne peux pas tout te raconter.

— Sans doute. Mais tu pourrais commencer par me raconter *quelque chose*. Tu ne me dis jamais rien, Buffy. Tu peux continuer : j'ai l'habitude. Mais n'espère pas que je cesse de m'inquiéter pour toi, parce que ça n'arrivera jamais. Je t'aime plus que tout au monde.

Elle se laissa tomber sur le lit à côté de sa fille.

— C'est là que tu es censée lever les yeux au ciel et protester que j'en fais trop...

*Maman, je suis désolée,* affirmait le regard de Buffy. *J'aimerais tant pouvoir me confier à toi. J'en ai tellement besoin...*

— Non, tu n'en fais pas trop, murmura-t-elle.

Les deux femmes se turent un moment.

Puis Joyce releva la tête.

— Bon. Je crois que je t'ai servi le discours de circonstance...

— Et comment te sens-tu ? demanda Buffy.

— Je ne sais pas, avoua Joyce. Pour moi aussi, c'était la première fois.

Une rose rouge à longue tige était coincée sous la poignée de la porte d'entrée. Les coins de la bouche de Giles tressaillirent légèrement.

*Elle est là,* songea-t-il avec un délicieux frisson.

Il prit la rose et huma son parfum en s'autorisant un sourire ravi. Puis il ouvrit la porte, passa la tête dans l'entrebâillement et appela :

— Il y a quelqu'un ?

Pas de réponse. Il entra, ferma derrière lui et posa son attaché-case.

— Jenny, c'est moi.

Sur les accents passionnés de *La Bohème* de Puccini, il enleva son pardessus. Puis il aperçut la bouteille de vin qui rafraîchissait dans le seau à glace, et le message rédigé sur du parchemin. Deux mots tout simples : *En haut*.

Le rose lui montant aux joues, Giles leva les yeux vers l'escalier. Il reposa l'enveloppe, enleva ses lunettes, puis lissa soigneusement ses cheveux.

Soudain, il se sentait très jeune et très léger, comme un adolescent amoureux de la plus belle femme du monde.

Et la plus belle femme du monde le lui rendait bien.

Incapable d'exprimer les émotions qui tourbillonnaient en lui, il laissa les chanteurs d'opéra s'en charger à sa place.

Il prit la bouteille de vin et les deux verres posés près du seau. Une bougie brûlait sur chaque marche conduisant à sa bien-aimée.

Giles les monta lentement, son désir allant crescendo avec la musique.

*Elle est là...*

Allongée sur le lit, ses cheveux noirs épars sur l'oreiller, les traits d'une délicatesse à couper le souffle.

Le cœur de Giles s'affola dans sa poitrine ; il sentit sur sa peau la tiédeur de la flamme des bougies.

Si belle, si immobile...

*Si immobile.*

Les yeux grands ouverts comme si...

*Comme si...*

La bouteille se brisa sur le plancher.

Les yeux grands ouverts comme si lui aussi avait rendu l'âme, Giles s'adossa au mur.

Les lumières bleues et rouges des voitures de police dansaient sur les fenêtres de son appartement. Il ne regarda pas les deux hommes qui emportaient le body-bag contenant le cadavre de Jenny.

L'inspecteur s'approcha de lui.

— Monsieur Giles, dit-il, compatissant, je dois vous demander de nous accompagner. Nous avons quelques questions à vous poser.

Alors, l'Observateur sentit en lui un frémissement qui aurait pu passer pour de la vie.

Se redressant, il murmura :

— Bien entendu. La procédure... (Puis il leva les yeux vers son interlocuteur.) J'ai un coup de fil à passer, si ça ne vous dérange pas.

Caché derrière la fenêtre de la salle à manger des Summers, Angélus observait.

La Tueuse parlait avec sa copine rousse.

— Alors, ça n'était pas trop terrible ? demanda Willow.

— Juste un peu, répondit Buffy.

*La passion est la source de nos émotions les plus intenses,* songea Angélus. *La joie de l'amour, la clarté de la haine et l'extase du chagrin...*

Le téléphone sonna. La Tueuse se précipita pour décrocher. Elle souleva le combiné et le colla à son oreille.

— Allô ? Bonsoir, Giles... (Elle s'appuya au mur.) J'ai fini de parler à ma mère, et...

Elle s'interrompit pour écouter...

... Puis blêmit et sentit ses jambes se dérober.

Angélus tendit le cou, soucieux de ne pas perdre une miette de ce réjouissant spectacle. D'une main tremblante, la Tueuse tendit le téléphone à Willow.

*Qu'est-ce qui est plus jouissif ?* se demanda le vampire. *La stupéfaction muette de la Tueuse, ou les sanglots déchirants de son amie ?*

Attirée par le bruit, Joyce Summers se précipita dans la pièce pour enlacer Willow, pendant que Buffy, recroquevillée sur le sol, laissait tomber sa tête sur ses genoux.

Avec un sourire, Angélus se fondit dans la nuit.

*La perfection à l'état pur. Ça n'aurait pas pu être mieux.*

*Mon travail ici est terminé.*

Cordélia et Alex arrivèrent dans la voiture de la jeune fille, équipée de guirlandes d'ail et d'une multitude de crucifix.

Ils s'arrêtèrent devant Willow et Buffy qui les attendaient sur le trottoir.

— Où est Giles ? demanda la Tueuse dès qu'Alex sortit du véhicule.

— Pas de bol : quand nous sommes arrivés au commissariat, les flics nous ont dit qu'il venait de partir, répondit le jeune homme. Je suppose qu'ils voulaient juste l'interroger.

Buffy réfléchit un instant.

— Cordélia, tu veux bien nous conduire chez lui ?

Son amie hocha la tête.

— Evidemment.

Willow hésita.

— Vous ne croyez pas qu'il préférerait rester seul ?

Buffy la dévisagea.

— A vrai dire, je ne me soucie guère de ce qu'il veut. Ce qui m'inquiète, c'est ce qu'il risque de faire.

Face au coffre de bois qui contenait ses armes, Giles choisit une épée dont il éprouva le tranchant avant de la reposer. Il fourra une bombe de gaz dans son sac marin déjà déformé par une arbalète, une massue, plusieurs pieux en bois et un antique pistolet de duel.

Une rage froide se lisait dans son regard. Son visage était de marbre.

Il chargea le sac sur son épaule et s'en alla.

Sur son bureau, dans la lumière diffuse de la lampe, reposait une feuille de papier brun : un dessin représentant Jenny les yeux grands ouverts, la tête posée sur un oreiller.

*Morte.*

# CHAPITRE IV

Du ruban de police jaune et noir barrait la porte d'entrée. Alex l'ouvrit et appela d'une voix forte :
— Giles ?
Il se plia en deux pour se faufiler sous le ruban. Willow le suivit, puis ce fut au tour de Cordélia et de Buffy.
Le jeune homme remarqua aussitôt le seau à glace posé sur la table.
— On dirait qu'il avait prévu une soirée intime, dit-il.
Buffy désigna le dessin qui représentait Jenny.
— Ce n'est pas Giles qui a organisé tout ça, mais Angel. Une sorte de papier d'emballage pour son « cadeau », je suppose, dit-elle en tendant le parchemin à Alex.
Celui-ci ferma les yeux tandis que la jeune fille le dépassait et se dirigeait vers l'escalier.
— Mince alors, soupira-t-il. Pauvre Giles…
Willow s'approcha du coffre grand ouvert.
— Regardez, toutes ses armes ont disparu.
Cordélia vint jeter un coup d'œil.
— Je croyais qu'il les stockait à la bibliothèque…
— Ses armes ordinaires seulement, dit Alex. C'est ici qu'il garde celles qu'il sort dans les grandes occasions.
Buffy redescendit et s'arrêta au pied de l'escalier.
— Donc, il n'est pas là, conclut Willow.

— Dans ce cas, où est-il ? demanda Cordélia.
— Parti chercher Angel, répondit Buffy.
— A l'usine désaffectée ? avança Willow.
— Il va essayer de le tuer ? devina Cordélia.
— Il était grand temps que quelqu'un s'en charge, affirma Alex.
— Alex ! s'exclama Willow, choquée.
— Désolé, mais n'oublie pas que je le détestais longtemps avant que vous ne preniez le train en marche. Il est déjà très généreux de ma part de ne pas vous avoir assommés de : « Je vous l'avais bien dit. » Si Giles veut liquider le démon qui a tué sa petite amie, je suis obligé de l'applaudir des deux mains.
— Tu as raison, admit Buffy.

A son crédit, Alex ne chercha pas à tirer parti de cette victoire.

— Merci, répondit-il simplement.
— Une seule chose me gêne dans ce petit scénario, avoua Buffy.
— Quoi ? demanda Alex.
— Giles va se faire tuer…

Angélus savourait l'incrédulité et la fureur de Spike.

— Tu es devenu fou ? Nous sommes censés tuer cette fille, pas laisser des cadeaux-surprises dans le lit de ses amis !

Rayon-de-Soleil serrée sur sa poitrine, Dru prit la défense d'Angélus.

— Spike, rappela-t-elle de façon fort diplomatique, ce méchant professeur allait rendre son âme à Angel !
— Et alors ? (Spike haussa les épaules.) Finalement, je le préférais quand il soupirait après Buffy. A l'époque, il avait encore toute sa tête. J'aime massacrer des innocents autant que n'importe qui. Mais ses petites

plaisanteries auront pour seul résultat de foutre la Tueuse dans une rogne noire !

— Ne t'inquiète pas, l'infirme ! cracha Angélus. Je contrôle la situation.

Sur ces fortes paroles, un cocktail Molotov s'écrasa sur la table et explosa. Angel et Dru s'élancèrent vers la sortie, tandis que Spike les talonnait sur sa chaise roulante.

Un carreau d'arbalète transperça l'épaule d'Angélus. Serrant les dents, le vampire s'arrêta pour l'arracher.

Il leva les yeux.

Rupert Giles avançait vers lui, une batte de base-ball à la main.

L'humain plongea son arme dans les flammes. Avant qu'Angélus puisse réagir, il lui flanqua un coup dans la figure avant de le gifler de sa main libre.

— Que sont devenus les bons vieux pieux d'antan ? haleta Angélus, plié en deux par la douleur.

Giles le frappa de nouveau avec sa batte enflammée. Dru tenta de voler au secours de son sire, mais Spike lui saisit le poignet.

— Non, mon poussin. Ça ne serait pas du jeu de bondir dans l'arène sans qu'on t'y ait invitée.

L'Observateur flanqua encore une demi-douzaine de coups à Angélus avant que celui-ci se relève et attrape au vol la batte qui s'abattait de nouveau sur lui.

Saisissant Giles à la gorge, il le souleva de terre. L'arme de l'humain roula sur le sol et il perdit connaissance.

— D'accord ! grogna Angélus. Tu t'es bien amusé. Maintenant, à mon tour.

Soudain, il fut projeté en arrière et encaissa un coup de pied en pleine mâchoire.

— Non : c'est le mien, le détrompa Buffy.

A travers les flammes qui se propageaient rapidement dans l'usine désaffectée, Angélus vit que Spike et Drusilla s'enfuyaient.

La Tueuse lui décocha un deuxième coup de pied avant qu'il ne se ressaisisse et ne la projette par-dessus son épaule. Pendant qu'elle se relevait, il s'engagea dans l'escalier.

Saisissant une barre de fer, Buffy s'en servit pour le faire trébucher.

Le vampire retomba en arrière.

Se débarrassant de la Tueuse d'une ruade, il gravit les marches quatre à quatre et s'engagea sur la passerelle.

Buffy bondit par-dessus une pile de caisses pour lui barrer le chemin.

Au-dessous d'eux, l'incendie faisait rage.

Angélus lança son poing dans la figure de la Tueuse, qui esquiva et riposta par un coup de pied dans les genoux.

Il s'effondra, poussant un grognement de dépit.

Buffy lui enroula une corde autour du cou et le secoua violemment, puis elle lui enfonça son genou dans l'estomac.

A l'instant où il se relevait, elle sauta en l'air, s'accrocha à un tuyau et lui balança un coup de pied dans la poitrine.

Angélus retomba, entraînant des fûts métalliques dans sa chute. Les flammes montaient de plus en plus haut, ajoutant à l'aspect dramatique de leur combat.

Pour le moment, Buffy menait aux points.

Angélus chargea ; de nouveau, elle le projeta à terre pour le rouer de coups.

*N'ai-je pas affirmé à Spike que c'était la Tueuse la plus forte que nous ayons affrontée ?* pensa le vampire. *Elle va m'achever si je ne m'enfuis pas très vite.*

*En revanche, elle ne prête aucune attention à l'incendie.*

Angélus éclata de rire comme si tout ça était un jeu.

— Tu comptes laisser brûler ton vieux copain ?

Buffy quitta un instant son adversaire du regard pour découvrir que les flammes avaient envahi le rez-de-chaussée de l'usine et menaçaient Giles, toujours inconscient.

*Oh, non !*

Quelle décision horrible et injuste : la vie d'Angélus contre celle de son Observateur !

Si Buffy ne le sortait pas très vite de là, il mourrait.

Mais si elle ne tuait pas Angélus maintenant, qui savait quand une nouvelle occasion se présenterait ?

D'autres malheureux en feraient les frais...

Angélus avait menacé tous ses proches et le rituel de protection ne suffirait pas éternellement. Tôt ou tard, le vampire attaquerait dans une ruelle obscure.

Buffy ne pouvait pas être partout à la fois, ni protéger tout le monde.

*Il finira par tuer un de mes amis...*

*Peut-être. Mais Giles mourra aujourd'hui si je ne fais rien.*

Angélus profita du moment de déconcentration de Buffy pour la projeter sur le côté. La jeune fille reprit son équilibre, puis sauta de la passerelle. Pendant que son adversaire s'enfuyait, elle força Giles à se relever et le traîna, à demi inconscient, vers la porte de l'usine.

L'air frais de la nuit acheva de ranimer le bibliothécaire.

— Pourquoi es-tu venue ici ? grogna-t-il. Ce n'est pas ton combat.

Pour toute réponse, la jeune fille lui flanqua un formidable crochet du droit.

— Vous essayez de vous faire tuer ? cria-t-elle.

Enfin, les larmes jaillirent. Tous deux s'affaissèrent

sur le sol, s'accrochant l'un à l'autre comme des naufragés.

Giles tremblait de chagrin et de rage, Buffy de désespoir et de frayeur rétrospective.

— Vous ne pouvez pas me laisser, gémit-elle. Je n'y arriverai pas seule.

Ils pleurèrent ensemble.

Beaucoup plus tard, Giles monta lentement les marches qui conduisaient à son appartement. Il s'arrêta devant la porte pour arracher le ruban jaune et noir de la police.

*Parfois, elle nous cause une douleur insoutenable,* songea Angélus. *Si nous pouvions vivre sans passion, peut-être connaîtrions-nous la paix. Mais nous serions creux... Vides comme une maison abandonnée aux volets clos et à l'atmosphère renfermée.*

*Sans passion, nous serions vraiment morts.*

C'était une journée grise et froide.

Dans le cimetière, non loin de la tombe de Jenny Calendar, des feuilles mortes flottaient à la surface d'une petite mare. D'autres effleuraient le sol comme les baisers que Giles avait autrefois rêvé de déposer sur les tempes et sur les lèvres de la jeune femme.

Un genou à terre, tel un amoureux qui se prépare à demander sa belle en mariage, le bibliothécaire posa un bouquet de roses sur le rectangle de terre fraîchement retournée.

Un instant, il resta immobile, quelque chose de noble et de fort émanant de son âme rongée par le chagrin.

Quelque chose qui se communiqua à Buffy.

Puis Giles se releva et plongea la main dans la poche de son imperméable...

— Dans ma carrière d'Observateur, j'ai enterré trop de gens... Jenny est la première que j'aie aimée.

— Je suis désolée, souffla Buffy, la gorge serrée. Désolée de ne pas avoir pu le tuer pour vous... et pour elle... quand j'en avais l'occasion.

Ils baissèrent les yeux vers la pierre tombale toute simple.

*Jennifer Calendar,* était-il seulement inscrit.

Rien à propos de Janna.

Rien sur la malédiction et la trahison.

Rien sur la passion.

— Jusqu'ici, je n'étais pas prête, avoua Buffy. Mais je crois que ça y est.

Les élèves de première se turent respectueusement quand Willow entra dans la salle de classe, serrant ses livres sur sa poitrine.

— Bonjour. Le proviseur Snyder m'a demandé de remplacer Mlle Calendar jusqu'à l'arrivée du nouveau professeur d'informatique. Je vais m'en tenir au programme qu'elle avait établi.

Elle gagna le bureau et y posa ses affaires.

Dans le cimetière, Buffy dit à Giles :
— Je ne peux pas continuer à m'accrocher au passé. Angel a disparu et rien ne le ramènera.

En s'installant, Willow fit tomber une disquette jaune qui glissa entre le pied du bureau et le caisson de rangement à roulettes que Jenny avait placé à côté. Le petit carré de plastique heurta le sol avec un bruit presque imperceptible.

Et resta coincé là.

Attendant que quelqu'un le trouve.

# ÉPILOGUE

Les mains enfoncées dans les poches de son cache-poussière noir, Angélus regardait la fenêtre de la chambre de la Tueuse, au deuxième étage de sa maison de Revello Drive. Le clair de lune se reflétait sur son visage blême, creusant ses joues et soulignant les cernes de ses yeux.

— Buffy, chuchota-t-il. Je te harcèlerai et te tourmenterai ! Je passerai mes nuits à te traquer. Ta vie deviendra un enfer et tu finiras par vouloir mourir pour mettre un terme à tes souffrances.

Il sourit dans les ténèbres, se demandant si la Tueuse pouvait encore dormir. Sa colère et sa peur ne la tenaient-elles pas éveillée la nuit ?

Les yeux grands ouverts dans le noir, le cœur battant à tout rompre... Les larmes jaillissant et roulant sur ses joues...

Tout ça à cause de lui !

Dans son esprit se bousculaient des images de l'Elue.

Buffy lui souriant.

Buffy sanglotant.

Buffy.

*Je la briserai,* se jura Angélus.

Il serra les poings, savourant son triomphe à venir.

Se délectant des tourments futurs de sa proie favorite.

Il s'en assurerait : elle ne penserait à rien d'autre qu'au mal qu'il risquait de faire à ceux qu'elle aimait.

*Et à elle...*

C'était tellement plus délicieux que de se contenter de la tuer ! Une lente destruction plutôt qu'une mort propre et rapide, comme celle qu'il avait offerte à Jenny Calendar.

Spike ne comprenait pas.

Spike ne *pouvait* pas comprendre ! Un handicapé comme lui ne pouvait rien connaître de la haine.

*De la passion...*

Angélus continua d'observer la fenêtre obscure jusqu'à ce que l'aube se profile. Même alors, il eut du mal à s'arracher à sa contemplation.

*C'est dire à quel point je la hais !*
*Passionnément.*

Il tourna les talons pour se fondre dans les ténèbres.

# Tout ANGEL est au Fleuve Noir

## Sa série enfin disponible

**1. LA CITÉ DES ANGES**

**2. LE SEIGNEUR DES BAS-FONDS**

**3. REDEMPTION**

**4. MORTELLE FAIBLESSE**

# Tout Buffy est au Fleuve Noir

## 17 titres déjà parus
## un rendez-vous par mois

Volumes vendus entre € 4,57 (30 FRF) et € 5,34 (35 FRF)

**10. RETOUR AU CHAOS**

**IMMORTELLE**
(grand format, 89 FRF)

**11. DANSE DE MORT**

**12. LES CHRONIQUES D'ANGEL 3**

**13. LOIN DE SUNNYDALE**

# TOUT Buffy EST AU FLEUVE NOIR

## 17 titres déjà parus
## un rendez-vous par mois

Volumes vendus entre € 4,57 (30 FRF) et € 5,34 (35 FRF)

**14. LE ROYAUME DU MAL**

**LE QUIZ**
POUR TOUT SAVOIR SUR LA SÉRIE

**15. LES FILS DE L'ENTROPIE**

**16. SELECTION PAR LE VIDE**

**17. LE MIROIR DES TENEBRES**

*Imprimé en France sur Presse Offset par*

**BRODARD & TAUPIN**

GROUPE CPI

La Flèche (Sarthe), le 03-05-2001

FLEUVE NOIR – 12, avenue d'Italie
75627 PARIS – CEDEX 13.
Tél. 01.44.16.05.00

Dépôt légal : septembre 2000
N° d'impression : 7150